笑顔の守り番

小川 咲

文芸社

笑顔の守り番　◎　目次

笑顔の守り番

途切れた日常

「まだお正月らしく賑わっているわね」

参道の両脇には露店が並び、客を呼び込む声が飛び交う。子どもたちの姿を見失わないよう小走りで後を追いながら私は神社へ向かった。ここには結婚してから毎年、初詣に訪れている。参拝するたび、懐かしさを感じる変わらぬ景色の中で、子どもの成長を確認できるからだ。これが私のいつもの一年の始まりだった。混雑を避けて月末に来てみたが、行き交う人の波に先を急ぐ亜矢のポニーテールが見え隠れする。

「亜矢ちゃん、パパから離れないでね」

綿菓子やりんご飴に誘われて迷子になりそうな亜矢は夫が手を差し出すと、嬉しそうにその小指を握った。

「千佳はママから離れないでね」

娘二人を夫婦で分担して落ち着くと、鳥居の横に立てかけてある大きな看板が目に飛び込んできた。本年の厄年と書いてある。

長女の千佳は六歳、小学一年生。次女亜矢は三歳、幼稚園年少で、昨年七五三のお参りを二人一緒に済ませたところだ。私は三十五歳、やっと大厄の年を無事過ごせたと思ったら、また二年後に厄年とは。

「女の三十代はほとんどが厄なのね」

まず自分のを確認してから男の厄年を眺めると、

「やだ、大変。正則さん、今年前厄だって」

「大丈夫。こうやって毎年お参りに来ているし。ね、亜矢。早く行こう」

看板の前で立ち止まる私を置いて先に進む夫に続き、鳥居をくぐり境内に入ると、露店の食べ物の匂いが消えて、木の香りと冷たい空気を感じた。

山道の石段を千佳の手をひいて一、二と数えながら登るうちに、清々しい気分になり厄年の不安も薄れていく。参拝の順番を並んで待つ間に財布を出して千佳と亜矢に十円ずつ渡した。

「正則さんは自分の財布からね。千円でもいくらでもどうぞ」

「そんなに小遣い貰ってないし、俺ケチだから」

「ママもケチだよね」

千佳が十円玉を私の目の前で振る。いよいよ賽銭箱の近くまで進むと亜矢が、

「パパ、どうして鈴を鳴らすの？」

と聞いた。

「ピンポーン！　神様、来ましたよっていう合図だよ。お姉ちゃんと二人で鳴らしてごらん」

夫は亜矢の手を離し、鈴についている太い縄を二人に持たせると、思い切り振るように言った。すると、想像以上の大きな鈴の音に周囲の注目が集まり、

「ドケチのパパとママが来たよ！」

亜矢の大声が爆笑を誘った。私は恥ずかしさで逃げたい気持ちを抑えながら高速で柏手を打つ。願い事も何もぶっ飛んでしまった。子どもの前で下手なことは言えないと夫を横目で見ると、そんなことなど気にも留めず亜矢の頭を撫でながら笑っていた。

帰り道、毎年立ち寄る食堂で、千佳が私の様子を思い出し、「ママ恥ずかしかった？」とにやにや笑う。亜矢は大好きなうどんを食べ終わると座布団の上で眠ってしまった。

「今日は一度も『抱っこ』や『おんぶ』って言わなかったものね。よく歩いたわ」

私は、夫に抱きかかえられ外の冷たい風にも起きない亜矢を見て、

「このまま抱っこしていて。運転代わるから」

慣れない夜道を慎重に運転して神経を使ったせいか、その晩は何も片付けないまま早く布団に入ったが、翌朝すっかり寝過ごしてしまった。夢か現か頭上から声が聞こえる。

「行ってくる。今夜、寮の若いやつらを連れてくるから夕飯頼むよ」

「え！　今夜？」

すっかり忘れていた。日曜に休日出勤すると聞いてはいたが、まさか会社の人を連れてくるとは。散らかった部屋を見渡して、まだ寝ぼけた頭で途方に暮れる。

夫は、家具の製造会社に勤めていて今は学校の備品関係の営業をしている。営業と言ってもアフターケアまで一貫して担当しているようで、苦情処理や修理が必要な場合は工場の技術職の人と同行して対処するため、出張も時々あった。

そんな時は駅に近いという理由で、うちで夕食をとってから夜行で出発することもあり料理の苦手な私にとって、その日は朝から落ち着かない。昨日の今日で、家の中は片付いていないし買い物もしていない。おまけに午後は町内の女性会役員選出で会合がある。

（そんな日に寮のやつ？　夕食？）

ちょっと待ってと言えないまま「いってらっしゃい」と送り出してしまったことが悔や

まれる。

こういう日は朝から理想と現実の差を思い知る日でもある。何品も手の込んだ料理を並べたいところだが、前回はおでん、その前はクリームシチュー。しかも市販のだしの素やルーに頼りきっているから少々情けない。

そして、追い打ちをかけるようにその日の午後、くじ引きで見事女性会会長の座についてしまった。昨日賽銭をケチったせいかと思い、目の前が暗くなる。

「早紀さん、早紀さん。呼ばれているわよ」

隣に座ったママ友の石井さんが腕をつつく。

「それでは、来年度会長の井上早紀さん。一言あいさつをお願いします」

私は慌てて椅子から立ち上がると、大きな拍手が起こる。役を免れた喜びで皆、安堵の拍手喝采だ。夢なら覚めてと祈ったが、今期会長を務めた木内さんの満面の笑みの前に諦めるしかなかった。

「大丈夫、一年なんてあっという間よ」

「終わった一年とこれから始まる一年では感じ方が違うわよね」

木内さんと石井さんに挟まれて帰る途中、何の気休めにもならない慰めの言葉をかけてもらいながら今夜の夕食はカレーにしようと決めた。

玉ねぎ、にんじん、じゃがいも、牛肉とガンガン切って炒め、ぶつぶつ愚痴を言いながらコトコト煮込んだが、思いの外おいしく出来て、皆に好評だった。

まずいとは言わせない私の気迫に負けたのかもしれないが、元々夫は私の料理に文句をつけたことがない。鶏肉さえ入れなければ。と言うのも、夫は子どもの頃、伝書鳩を飼っていたらしく鶏は食べてはいけないと思っている。言わなければわからないが鶏ガラスープとわかると絶対に食べない。今夜は二十代の男性二人を連れてきたので、大きな鍋で作ったカレーもほとんどなくなった。食後、亜矢が二人のお客さんを相手にアルバムを披露して説明している。千佳は台所に残って本を読んでいた。

「そろそろ行こうか」

夫が腰を上げると、亜矢が「パパとお風呂に入りたい」と甘える。鼻水を拭くのも髪を洗うのもパパしか嫌だとぐずり出したが、無理やり引き離したので、しばらく泣き続けた。

「アルバム出したらお片付けしてよ」と言いながら結局私が出しっぱなしのアルバムを本棚に収めると、床がたわむ音がした。

（我が子かわいさにシャッターを押す気持ちはわかるけれど正則さんも無駄に撮りすぎで

しょ）

とアルバムの重さで床が抜けはしないか心配になってきた。築四十年、木造二階建て。随所に傷みが生じている。元は夫の両親が住んでいたが、近くの建売住宅を購入して移り住み、息子が結婚する時に建て替えをと考えて空き家になっていた。ところがいつの間にか私たちが、そこに住み始めたので、修繕のタイミングを逃していた。

夫婦二人の時は滅多に家を訪れることはない義父母だったが、千佳が生まれて以来、朝に夕にと通ってきては、不衛生なものはないか、危険な箇所はないか隅々まで気を配って修繕してくれた。最近は食料品や日用雑貨を持ってきては孫の様子を見るのを楽しんでいる。

立春を過ぎてもまだ寒さの厳しい二月半ば、その日は珍しく義父一人でやってきた。

「田舎から白菜とねぎをたくさん貰ったから少し置いていくよ。もっと欲しかったらいつでも取りにおいで」

玄関先に新聞紙で包んだ野菜を置いてすぐに帰ろうとするので、お茶に引き留める。

と、振り返って思い出したように「肉は夕方ばあさんが買って持ってくる」と言った。

（すき焼きを作ってやってくれということね）

と納得。夕方四時半、夕食の支度に間に合うよう肉が届く。

「おばあちゃんだ！」

玄関へ走る千佳の後を亜矢も追いかけていく。

「おいしいお肉買ってきたから、たくさん食べてね」

義母は孫の歓声に迎えられて、嬉しそうだ。

「ありがとうございます」と声をかけた時、電話が鳴った。

「株式会社モリノの桜井と申します。井上さんの奥様ですか」

桜井、確か夫の同僚でその名前を聞いたことがある。

「そうですが……」と答えると耳を疑う言葉が受話器から聞こえてきた。

「ご主人が車で事故を起こされまして、病院はですね……」

動き出した指

「会社からの電話で、正則さんが事故で病院に運ばれたって」

「え、何ですって！」

玄関で孫の相手をしていた義母が部屋に上がってきて、怪我をしたのか、何があったのか、どこの病院に搬送されたのか矢継ぎ早に尋ねてきたが、混乱して何から答えて良いかわからない。実際、今の電話で怪我の程度や状態を何も教えてもらっていない。

「とりあえず行ってきます」

「千佳ちゃんと亜矢ちゃんのことは私が見ているから、気を付けて行ってらっしゃい。連絡待っているから、いつでも電話ちょうだいね」

「はい。すみません。パパきっと大丈夫だから、おばあちゃんと待っていてね」

不安そうな顔の千佳に「亜矢のこと頼むね」と言って急いで身支度をしているうちに、たいしたことはないように思われて今夜にでも一緒に帰れる気がした。

病院の正門玄関の前でタクシーを降りると、険しい顔つきで携帯電話を見つめている男と目が合った。互いに近寄り、名を名乗ると、やはりその人が電話をかけてくれた桜井さんだった。

「お待ちしていました」

桜井さんは、そう言うと夜間通用口へ私を案内して救急外来の受付で家族が来たことを伝えてくれた。

「会社に戻らないといけないので、これで失礼します」

「ありがとうございました。お世話おかけしてすみません」

足早に去っていく後ろ姿を見送ると、事故の様子や怪我の状態について何も聞いていないことに気が付いた。私一人待合室に取り残され、座って待っていると、しばらくして扉が開き、看護師に呼ばれて中に入った。正面の広いスペースで機械に取り囲まれて横たわる夫の姿があり、点滴や酸素吸入器の他にも何本かの管が体についているが、それ以外は普段と変わらず、眠っているだけのようで少し安心した。

「正則さん、大丈夫？」

周囲に遠慮して小声で呼んでみたが返事はない。よく眠っている。

「パパ？」

繰り返し呼んでみたがやはり反応がない。

（これって……意識不明の重体っていうこと？）

そう思った途端、金縛りにあったように動けなくなった。隣接している小さな診察室に呼ばれ、担当医の黒田という医師から説明を聞いても理解が追い付かず、これは現実なのだろうかと思ってしまう。

「このまま意識が戻らないと、まだ若いですから、もしかしたらという場合もありますので……」

脳の損傷、骨折の具合、耳の辺りを何針縫ったことは何となく上の空で聞いていたが、「もしかしたら」の言葉に涙が突然あふれ出した。

「先生が、もしかしたら……なんて言うから変なこと考えちゃったのよね」

看護師の温かい手を背中に感じながら涙が止まらなかった。無表情で話を聞いていた私が突然泣きだしたので、医師も戸惑ったのか、

「しばらく様子を見ましょう。落ち着くまで休憩室を使ってください。案内してあげて」

と話を切り上げた。

「何もしてあげられないのですね、私は。そばに居ることもできない」

そのまま椅子から立ち上がる気力もなくなったと思った矢先、別の看護師に案内されて集中治療室に義父が来ていると知らされ、すぐに向かった。

「正則！　返事してくれ！　どうしてこんなことに！　おい正則！」

義父は息子の名を何度も呼びながら『どうして』を繰り返すばかりで、私は、その横にただ黙って立ち尽くすしかなかった。やっと私の存在に気付いたように、

「居てもたってもおられず会社に電話で聞いて、来てみたら、意識がないって言うじゃあないか。いつも車の運転は気を付けろと言っておったのに。こんなことに……」

小さく独り言のようにつぶやく。私が病院の夜間通用口まで見送ると義父は、

「何か変わったことがあったら連絡してくれ」

と、肩を落として帰っていった。

六階にある休憩室には簡易ベッドもあったが、眠れそうにないので、救急外来の長いすに腰かけて携帯電話の電源を入れた。不在着信が三件、すべて実家の電話番号だ。留守番電話に母の声が録音されていた。

『井上さんのお母さんから電話もらいました。お父さんと今そっちに向かっています』

それから程なくして、車で駆けつけてきてくれた。

「正則さんの容態はどうだ」

父が様子を見たいと言うので再度、集中治療室の受付で面会させてもらうことにした。

「血圧は安定しているようだな」

父が計器の数字を見てつぶやく。

「明日の朝、千佳ちゃんと亜矢ちゃんを迎えに行って預かることにしたわよ。井上さんのお母さんも明日はこっちに来たいでしょうから」

「ありがとう」

目を合わせたらまた涙が出そうで、うつむいた。

次の朝、早い時間から救急車のサイレンで目を覚ました。休憩室の窓からは、雪の帽子をかぶった山並みと遠くまで広がる田や畑の景色が一望できた。正則さんの会社や事故を起こした場所もこの辺りなのだろうか。夜、暗闇の中タクシーをとばしてきたので初めて見る景色だった。

(昨日ここに来るまでは一緒に帰れるとさえ思っていたのに)

一体どんな事故だったのか。同乗者や相手の方はどうなのかと考え事をしながら、気が付くと集中治療室の前に来ていた。

　昼過ぎに、義母と交代して一度家に帰り、湯船に浸かると、こんなに大変な時でも一瞬極楽だなと感じた。だがそれも脱衣所に置いた紙袋を見た途端気分は急降下で奈落に落ちる。その紙袋は帰り際に看護師から、手渡されたもので、

「事故当時の服が入っています。緊急時だったのではさみで切りました。血でかなり汚れていますが所持品も入っているので確認してください」

と言われたが、まだ中を見る勇気はない。そのままにして夕方、病院に向かった。

　集中治療室の前まで行くと、ちょうど帰りがけの義母と出会った。

「早紀さん。さっき会社の方がみえて何かあったら連絡くださいって名刺を預かったから、あなたに渡しておくわ。明日も来ますと随分気にかけてくださって」

　手渡された名刺には夫と同じ営業部管理課で桜井浩司とあった。昨夜見た桜井さんの険しい表情を思い出しながら、病院の正門玄関まで戻り、タクシーに乗り込む義母を見送った。そして再び集中治療室の前に来てみたが、その扉の向こうに行くのは躊躇われた。小さな受付の窓越しに奥をのぞき見していると背後から「井上さん？」と声をかけられ振り向くと、昨夜の看護師が笑って立っている。

「やっぱり、井上さん。心配しなくても、もうじきお部屋で会えますよ」

「え、意識が戻ったのですか？」

「あ、ごめんなさい。それはまだ……。でも昨夜黒田先生がね、病棟に出向いてベッドの空きはないかと交渉してくれたの。それで、個室に移動。良かったですね」

「え、先生が」

胸がいっぱいになり、それ以上は何も言葉が続かず頭を下げた。

「私は何にもしていないからね」

看護師は良かったねと私の背中をポンと叩いて扉の向こうに入っていった。

東病棟六一二号室。教わった部屋に行くと酸素吸入をして相変わらず夫は眠っていた。

しばらくすると、ドアをノックする音がして、

「すみません。受付で聞いたら病室に移られたと聞いたので」

作業着姿の二人連れがお見舞と書かれたのし袋をそっと差し出した。この前、家で夕食を食べていった人たちだと気付き、中へ招き入れると、

「僕、井上さんが回復するまでタバコやめます。だから戻ってきてください」

「僕も、井上さんが目を覚ますまで、ひげ剃るのをやめます」

それぞれ夫の耳元で言葉をかけてくれた。

「タバコはやめていいけど髭は剃ってね」

と、笑みがもれた。こんな状況でも笑うことができたのは、二人の願掛けが心底嬉しかったからだろう。「気を付けて帰ってね」と廊下まで見送った。

「みんなに心配をかけて、いつまで寝ているの？　早く起きて！」

夫の体を少し揺らして話しかけたがピクリとも反応しない。

「もう一晩泊まるから、明日には目を覚ますのよ」

個室なので人の目を気にせずリラックスして過ごせる。

おやすみを言って横になるといつの間にか眠ってしまった。

次の朝、カーテンを開けると外は一面雪景色だった。

「ほら、雪が積もっているよ！　千佳と亜矢が見たら喜ぶわ。うちの方も積もったかな」

返事のない相手に話しかける。掃除や清拭の時は外へ出て待ち、看護師の巡回の時はそばに居て容態の変化はないか聞いた。食事はなるべく気分転換に外へ出かけたが、何を食べても喉につかえるようでおいしくなかった。あっという間に日が暮れていく。

「なんか疲れちゃったよ、今夜どうしよう。ここでもう一泊しようかな」

雪もまたちらついてきた。

「千佳と亜矢は、もう放っておこうか」

夫の手の上に自分の手を重ねた。手のぬくもりがじわりと伝わる。すると突然思い切り手を払いのけられた。勘違いかと疑いもしたが、確かに手が動いた感触がある。

信じられないくらい意志を持った手の動きだったと思い、急いでナースコールを押した。駆けつけた看護師に「手が動きました」と伝えると涙がこみ上げてきた。

「ごめんね。私が千佳と亜矢を放っておくなんて言ったから、もう帰れって怒ったんだね」

「大丈夫よ。先生に伝えるから待っていてね」

すぐに戻ると言って病室を出る看護師を涙でかすむ目で見送った時、後を追うように看護師についていく男の姿が見えた。

（桜井さんかしら？）

私が泣いているので変に誤解されたのではと思いながらも夫の様子が気になり、夫のそばを離れられなかった。一瞬、手が動いたものの目は閉じたまま眠っているようだった。偶然か私の勘違いかと疑わしくなってきた時、黒田先生が入ってきた。

「井上さん！　井上さん！」

大きな声が部屋に響く。

「わかる？　聞こえたら指、動かしてごらん！」

すると、目を閉じたまま、人差し指がぴくりと動いた。

「聞こえているよ。良かったね！」

先生は、「よしっ」とつぶやくと「少しずつ戻ってくるからね」とガッツポーズで出ていった。

笑わない男

昨夜は実家に帰り、久しぶりに親子三人並んで眠った。朝、私を起こさないように二人が小さな声でしゃべっているのを夢うつつに聞いて、気を使ってくれているのだなと思うと何か嬉しくなって、朝の二度寝をさせてもらった。

今日から実家の母と義母が交代で付き添うことになり、私は当分子どもたちがいつもの生活を送れるよう、平日は家に居ることになった。

その翌日からは二人とも学校へ幼稚園へと通い、私も家事に専念したが、今後の生活のことを思うと、つい手が止まる。それでも千佳と亜矢が帰ってくれば自然と元気になれた。

「耳が痛い」

台所で夕食の支度をしていると亜矢が今にも泣きだしそうな顔で、私のそばへ寄ってきた。

「耳鼻科行こうか。まだ診察時間に間に合うわ」

火の元を確認して急いで用意すると「千佳も行く！」と言ってコートを着込んだ。近所だが夜道を自転車で連れ立って走るのは危ないと、車で向かうことにした。

「ママの救急車だ！」とはしゃぐ千佳につられて、いつもは病院嫌いな亜矢も急いで車に乗り込む。

そして、「中耳炎ですね」と診断され薬を受け取った時には既に二十時を過ぎていた。

診察室で泣き叫んだ亜矢が「お腹すいた」と言うも元気がない。

「帰ったらすぐ食べよう。それまで我慢……あれ、いけない！　ご飯炊くこと忘れていた！」

「えー！」

二人の非難を浴びて、急遽コンビニに寄っておにぎりを買い、一件落着のはずが帰宅後それ以上の非難が待っていた。

玄関を開けたところで、電話の音に気づき慌てて部屋に駆け込み受話器をとると、母の第一声が耳に響いた。

「こんな時間までどこに行っていたの？」

耳鼻科と答えると「本当のことを言いなさい」と母が言う。

私の口調から電話の相手がおばあちゃんだとわかるらしく、亜矢が大きな声で、「おに

ぎり食べていい？」と聞いたので、母の思っていたような悪い状況ではないとわかったのか、やっと安心したようで、

「お父さんが変なこと言うから」

「変なことって？」

「あなたが子ども二人連れて……まあいいわ、無事なら。心配で井上さんのお母さんにも尋ねちゃったから電話かけておくわ。それじゃあね」

そう言って一方的に電話が切れた。

「ママも食べようっと。お腹ペコペコ」

と、おにぎりの包みをほどいた途端、今度は玄関のチャイムが鳴った。

「おーい、帰っとるか？」

「おじいちゃんだ！」と亜矢が玄関へ走る。

「おお、元気だな。良かった。お母さんが心配なさっていたから気になって、様子を見に来ただけだ。亜矢ちゃんと千佳ちゃんの顔見て安心したから、もう帰るよ」

「バイバイ！」と手を振る孫たちの前で、話しにくそうな素振りをみせる義父を外まで見送りに出ると、

「わしはどうも事故の状況が腑に落ちんのだ。いくら会社から工場までの短い距離にせよ正則がシートベルトをせずに運転したこと。進行方向の右側から追突されて助手席の同乗者を乗り越えて窓から転落したこと。しかも助手席は正則の部下だっていう話だ。少しずつ手足の感覚は戻ってきているようだが、もう少し回復を待つしかないな」

と、思いつめた表情のまま戸締まりと火の元には用心をするように言うと、自転車に乗って帰っていった。

その後の一週間は、亜矢の耳鼻科通いもあり、夫の様子は二人の母から報告を受けて、少しずつ快方に向かっていることを喜んでいた。指先が動くようになってからは、ほとんど毎日義母が付き添い、時々交代で母が付き添った日には、夜決まって電話があった。

「本当に母の愛は凄いわよ。手先、足先から中心に向かってマッサージすると良いって言ってね……『戻ってこい、戻ってこい』って話しかけているの。同じ義理の母でもキャリアが違うわ。私と交代で帰っていかれる時、病室の外に出て見送ったらね、『正則さんはもう耳が聞こえていますから、差し障りある話は外でしてくださいませね』って」

「お義母さんらしい……目に浮かぶわ。一生懸命なのよね。明日から私も行けそうだから、千佳や亜矢の帰宅に間に合うように付き添ってくる」

「そうね、私だと正則さんも気が休まらないかもしれないものね」

母は少しさびしそうに電話をきった。義母は夫にとっても義理の母だ。夫が高校生の時、義父と再婚している。

そのあくる日、黒田先生の問いかけにうっすらと目を開けて返事をしたと義母から興奮気味に連絡が入った。子どもたちには、まだ会わせない方が良いということで母に留守番を頼み、病院に向かった。

「奥さんみえましたよ。わかる？」

看護師の問いかけにベッドを少し起こして背中を預けたまま夫が私を見つめる。まるで初めて会う他人を見ているようだ。

「わかる。早紀」

「当たり！　良かった、覚えていてくれた」

「早紀さんが来てくれて嬉しいでしょ」

義母が、「少しは嬉しそうに笑ってみせて」と軽く腕に手をやると、「早く大学に戻りたいです」と真顔で答えた。

「さっきから、そんなことばかり。混乱しているのかしら。自分の年はわかる？」

「二十一です」と答える夫に、義母が重ねて質問する。

「それじゃあ、早紀さんは何歳？」

「五十歳」

夫はにこりともしないで、まじめに答え、「疲れた」と言って瞼を閉じた。

（大学に戻る？　自分が二十一で私は五十⁉）

動揺している私に看護師がベッドのリクライニングを直しながら、大丈夫よという表情で「少し外でお話ししましょうか」と義母と私に目配せをした。誰もいない談話室に行き、三人でテーブルを囲んで座ると、看護師から、この調子で体力も回復してきたら地元の病院に転院になるだろうということ。頭を強く打ったことで脳の軸索損傷があり神経が切れた状態にあるかもしれないが、早期のリハビリで少しずつ回復の見込みがあるのでは、との話があった。

「明日からリハビリを始めますね」と言って看護師が出ていくと、思わずため息が漏れた。先が見えない状態は変わっていない。

「早紀さん、正則さんと別れることは考えないでね」

義母がポツリとつぶやいた。

文鳥騒動

事故当初は覚悟をしていた命がつながり、一カ月が過ぎた。意識が回復してからは順調に歩行訓練ができるまでになり、食事もゆっくりだが普通のご飯を食べられるようになった。過去の記憶は、ところどころ消えてしまったが、唯一幸いと思えることは、事故当時の記憶が全くないことかもしれない。恐怖感も痛みも、そして誰かを疑うこともしなくて済む。

いつまでも急性期病院で治療を続けるわけにいかず、そろそろ自宅近くの病院に移ることを考えて、夫の実家へ相談に行った。

「早紀さんは子どもたちのことだけ考えてちょうだい。正則さんの世話はできる限り私がするから心配しないで」

「大きな赤ちゃんが一人増えたと思ってくれ。あとは少しでも良くなっていくまで私たちが応援するから、気を落とさないよう頼む」

生活の援助ばかりでなく、事故のことも義父が会社や警察署へ色々と確認してくれているようだった。夫の回復を待って現場検証や事情聴取が行われるらしいが、今の状態では自分が今居る場所でさえ病院ではなく大学だと思っているので難しく思われる。義母が明るい口調で、「お茶を淹れるわ」と立ち上がり、

「この前、会社の桜井さんがみえてね。就業時間内の事故で同乗者もいたから労災で処理しますと……。会社に復帰されるのを待っていますって言ってくださったわ。同乗者の方もお元気ですって。本当に良かった」

と台所に立って行ったが、「良かった」という言葉に義父の顔が少し曇ったのが気になった。

会社に復帰して仕事ができるまでの回復が果たして望めるのだろうか。介助があれば歩行できるくらい体の回復は順調だったが、見当識障害は残り、私は「五十歳」から若返ることはなかった。

冬から春へ季節は移り、診察室からは五分咲きの桜の花が見えている。

「この部分、わかりますか？　硬膜下血腫ですね」

ＣＴの画像を指して主治医の黒田先生が説明するのを私はメモをとりながら聞いた。頭の中で少しずつ、じわりじわりと染み出た血が溜まり、それを手術で取らないといけない

らしい。物が二重に見えるといった目の障害は、この手術で良くなる可能性があると言われて、私は数日前の出来事を思い出し、笑いがこみ上げた。

相変わらず義母に付き添いを任せていたが、夫の退院が決まったとのことで、久しぶりに病室へ行った時のこと。

「早紀の後ろに居るのは誰？」と夫が言うので振り返ると、誰も居ない。ぞっとして、

「何？　何が見えるの？」と肩を振り払うように夫の近くに寄ると「消えた」と言う。

「もう、変なこと言わないで」と少し離れると、

「あ、居るよ」

後ろにはドアしかない。すると、急にドアが開き……、

「キャー！」という私の悲鳴に、ドアを開けた義母も何故か、「ひゃー！」と奇妙な声を上げて私にしがみついたので、二人もつれ合いながら床に座りこんだ。

夫の目には、顔がもう一つ、斜め上にもあるように映っていたのだった。

地元の病院で手術をお願いすることになり、退院日にそのまま転院と思っていたら、次の病院の都合で一旦退院して家に帰ることになるのだという。私は一人で世話をする自信がなく困っていると夫の実家でしばらく預かってもらえることになった。ありがたいと最

初は思ったのだが、心の底では、『やっぱりうちに帰るよ。千佳と亜矢の顔も見たいし』とか、『早紀の手料理が食べたいから、うちに帰りたい』とかいうセリフを期待しないでもない。それだけに、何の抵抗もなく実家に連れて帰られる夫を見ていると、

（私のこと一体どう思っているの？　子どもたちと一緒に過ごしたいと思わないの？）

とすっきりしない思いが胸に湧いてくる。

退院の日は、まだ春休み中だったので、千佳と亜矢も夫の実家へ連れて行った。子どもたちは久しぶりにパパと会い一緒に昼食を食べたのだが、どうにも会話が弾まない。

「千佳ちゃん、イクラのお寿司好きでしょ。たくさん頼んでおいたから食べてね」

「うん……」

「亜矢ちゃんも、好きなものどんどん食べてよ」

桶の中の寿司も残りがちで、台所と居間を行き来しながら世話を焼く義母に私は、「お義母さんも一緒に食べましょう。今日はお疲れ様でした」と声をかける。

病院へは義母と迎えに行き、荷物を持ってもらったり、夫の体を支えてもらったりと移動が結構大変だった。本人はと言えば、まだ自分は大学生と思っているせいか、やっと家に帰れることを喜んでいる様子だった。それでも子どもたちに会ったら父親の自分を取り

戻すかもしれないと期待したが、どうやらよく理解できないようだった。

食事を終えてしばらくは亜矢と積み木で遊んでいたが、あくびをする夫に、

「疲れたでしょ。少し昼寝したら。亜矢ちゃんも一緒に」

と義母が布団の用意をするのを潮時に私は、

「買い物もあるので、もう帰ります。すみません、正則さんのこと、よろしくお願いします」

と、帰り支度を始めた。

買い物と言っても特に買うあてはなく、少し気づまりのする空気だったので気分転換がしたかったというのが本音だ。近くのショッピングモールに立ち寄りしばらく店の雰囲気を何気なく眺めながら歩いた。ペットショップの前を通ると、二人が一斉に駆け寄りガラス越しに子犬を見つめる。

「かわいい！」

「亜矢、猫ちゃん飼いたいな」

「私は犬の方がいい！　お散歩できるもん」

「うん、かわいいけど、うちじゃちょっと狭いかな。猫や犬は無理」

「えー、じゃあハムスターは?」

「ハムちゃんいるかな?」

そう言って亜矢が店の奥に入っていく。

「だめよ!　ネズミはだめ」

「ネズミじゃないよ、ハムスターだよ」

騒がしい親子連れに若い男性店員が気付いて営業スマイルで近寄ってくる。私は少しずつ子どもたちを外へ誘導するため、出入り口近くの鳥かごを指さして、

「小鳥のほうがいいよ。見てごらん、かわいいでしょ、でも今日は無理。また今度ゆっくり来ようね」

と店員に軽く会釈をして買わないアピールをした。

すると、その店員は、エプロンのポケットからチラシを出して、

「来週あたり春ヒナが入荷しますよ。ぜひまた見に来てください。手乗りにするならヒナから飼うといいですよ」

と、爽やかな笑顔で押してくる。

「手乗り文鳥ね……」

チラシの写真と営業スマイルで私の心を掴んだと思ったのか、

「ヒナの入荷数は少ないですから、一応入ったらご連絡しましょうか」

「ママ、私ちゃんと世話するから……お願い！」

千佳が珍しくせがむと亜矢も熱い視線を送ってくる。

「じゃあ、とりあえず連絡だけお願いします」

そう言って店を出た。帰りの道すがらずっとヒナの名前を二人で話し合い、その結果ピーちゃんとチーちゃんが有力候補になった。


そして四月、新学期を迎え、千佳は二年生、亜矢は年中組に上がった。それぞれ学校と幼稚園、新しい生活が始まって間もなく、夫の入院の前日に義母から電話があった。

「早紀さん、ごめんなさい。しばらくお父さんのそばに居ないといけないから、入院中は正則さんのことお願いね」

「お義父さんの調子、いかがですか？」

私は心労が溜まったせいかと心配になった。

「疲れが出たみたい。毎晩正則さんと色々話していたから、眠りも浅かったみたいで。しばらくゆっくり静養したら良くなると思うわ。手術が終わって退院したら現場検証と事情聴取には一緒についていくつもりみたいよ」

「ありがとうございます。お義母さんも少しゆっくりしてください」

と言うと、とんでもないと厳しい言葉が返ってきた。

今の夫の状態では入院中に次の病院を探して早急にリハビリを受けないと職場復帰どころか、脳の機能回復も難しいのだと言う。後遺障害の認定や保険金の請求など動かないといけないことが山ほどあって、ゆっくりなどしていられないと一気にしゃべると、口調を和らげて、

「あなたは正則さんのそばに居てくれればいいの。何かあったらすぐ看護師さんを呼んでやってね」

電話を切って大きなため息をつくと同時にメールの着信音が鳴った。ペットショップからだ。『ヒナ入荷しました』とある。いつの間にか子どもたちより私のほうが楽しみにしていることに気付き、飼うことに決めた。ところが、

「はい、これが餌やりのセットです。やり方は、温湯を用意しまして……」

ヒナ用の粟玉に栄養剤を混ぜ、お湯で湿らせたものを注射器で吸い、大きく開いたヒナ

の口にタイミングよく入れてやるのだそうだ。これを朝・昼・夕と寝る前の一日四回。癒やしを求めて手乗り文鳥を飼うことは、自分が親鳥になるということだった。そして親鳥見習いが二人。

「お口開けて待っているよ！　ママ、餌まだ？」

「お湯が熱すぎた！　ちょっと待って」

チュンチュンと鳴いてアピールするヒナの口に餌を入れるのだが、結構タイミングが難しい。

(自力で食べられるようになるまで一カ月もこれが続くとは！)

まだ生えそろっていない毛の間からお腹がポッコリと膨らんでくるのがわかる。

「お腹いっぱいだね」

亜矢がこわごわ見つめる胃袋は餌が透き通って見えていた。

翌日、夫は硬膜下血腫の手術のため入院し、頭髪を剃ることになった。

「意外と違和感ないわね」

きれいに剃った頭は割と形も良く、本人もまんざらでもない顔つきで鏡を見ている。手術に対する恐怖心や心細さも見受けられない。まだ半分夢の中なのかと思い、帰り道私は隣に並んでゆっくり歩きながら話しかけた。

「文鳥のヒナを二羽育てているのよ。まだ自力で食べられないから餌やりが大変。千佳と亜矢も手乗りにしたくて一生懸命世話しているの」

横目で夫の反応を見るが特に表情は変わらず返答もない。

「新学期始まったから私しか餌やりできなくて。今日もお昼で一旦帰るね」

普通なら『俺と文鳥のどちらが大事だ?』となるか、それ以前に『今、鳥のヒナを飼うか?』という問題だろうが、眉ひとつ動かさず、「わかった」とうなずいた。

やはり子どもの頃、伝書鳩を飼っていたからか、その後も文鳥の話をすると興味を持って話を聞いてくれた。最近は自分が大学生とは言わなくなったが、千佳と亜矢の話には無関心なので父親の自覚はまだ難しいようだ。

当日、執刀医の都合で手術開始時間が遅れた。餌やりの時刻をとうに過ぎている。

(ヒナが脱水状態で、ぐったりしていたらどうしよう!)

時計ばかり見て気を揉んでいる私の深刻そうな表情を読んだのか、看護師が、

「大丈夫ですよ、奥さん。緊急を要する難しいオペではないですし、先生はベテランです

から」

と元気づけてくれたのを幸いに、

「では、先生によろしくお願いしますとお伝えください」

「奥さん、一旦お家へお帰りですか？」

と看護師に聞かれ、言葉に詰まっていると、夫が真面目な顔で私に話しかけてきた。

「餌やりの時間なんだよね」

「え？」

一瞬看護師の表情が固まった。まさか、夫の手術よりヒナの餌を心配しているとは言えない。私は、

「あ、正則さんったら、おじいちゃんのごはんのこと言っているのかしら」

とっさにとぼけると、

「だめですよ、井上さん。ごはんのことを餌なんて言っちゃ」と看護師にたしなめられるが、本人はいたって真面目に「頑張って。じゃあね」と手を振った。

急いで帰宅して飼育箱を覗くと、ピーちゃんとチーちゃんがくちばしを思いっきり開けて鳴きだした。

（生きている！）

「はいはい、ちょっと待っていてね」

自分もお昼を食べないといけないので、昨日の残りご飯をレンジに入れてから、粟玉をポットの湯に浸す。お互いにタイミングが呑み込めてきたのか餌やりはこぼさずスムーズにいくようになった。

（次は五時過ぎでいいわね。それまでに亜矢を幼稚園に迎えに行って……）

少し目を閉じて一瞬寝たかなと思ったら時計の針は三十分も進んでいた。慌てて洗面所に行って化粧を直すと置きっぱなしの紙袋に目が留まった。思い切って中を見ると、血まみれで切り裂かれた作業着はきちんとたたんでビニール袋に入れられていて、その上には社員証の入ったカード入れがあった。そのカード入れの中には、去年の七五三で撮った千佳と亜矢の写真。二人の本物の笑顔が写っている。

汚れた作業着はそのままゴミ袋に入れ、カード入れをバッグにしまって再び病院へ向かった。

「手術は無事に終わりました。もう少ししたら病室に戻りますからね」

明日午後のＣＴ検査まではベッドで安静にしていること、食事も絶食であることなど術後の説明を受けたあと、程なくして病室に夫が運ばれてきた。

「奥さん、夜まで付き添われますか？」

「いえ、子どもたちが『ゴハン』を待っているので五時には帰ります」

爪楊枝の大黒柱

夫が硬膜下血腫の手術をした翌朝、私は子どもたちを送り出してすぐ入院先の病院に向かった。昨日は夕方に帰ってしまったので、その後の様子を聞くためナースステーションに立ち寄ってから病室に入ると、夫は私の顔を見るなり情けない声で「背中かゆい」と言って体をよじらせた。今朝自分で点滴を外して起き上がろうとしたらしく、危険なので拘束したと看護師から説明されたが、実際に両手を固定されている姿を見ると、もっと早く来てあげれば良かったと後悔した。

「どこ？　この辺？」とベッドと背中の間に手を入れて掻いていると、看護師が来て拘束を解いてくれた。

「早紀が来てくれて助かった」

「そうでしょ、感謝してよ」

「本当にありがとう」

以前は、ほとんど感情を表に出さなかった夫が涙声になっている。

（そんなに感謝されてもヒナの餌の時間には帰るよ。ごめんね）

と心の中でつぶやきながら、「早く元気になって千佳たちと遊んであげて」と言うと、「うん、そうする」と涙ぐむ。この時はそれほど違和感を覚えなかったが、それから一週間もすると人が変わったように能弁になった。

「早く退院して千佳と亜矢に会いたい」

ベッドのふちに腰かけて写真立てを手にとる。夫が日に何度もこうして眺めているのは、事故の日に携帯していたカード入れの中の写真だった。義父の体調も良くなり、次の転院先を見つけた義母が久しぶりに顔を出すと夫は、

「おばあちゃん、今日は来てくれてありがとう。ママは家のことがあるから、もう帰っていいよ」

と言うようになった。

お母さんと呼んでいたのが、千佳たちのおばあちゃんという目線で話すのは大きな変化だった。自分は父親だという感覚を取り戻して、私をママと呼ぶことが多くなり、私は五十代から年相応に返り咲いた。

「症状固定の診断書をもらったらすぐに後遺障害等級の認定申請をしてリハビリテーショ

ン病院に入院できるよう段取りするけれど、保険会社とのやり取りはまた考えましょう」

私は義母の言葉の意味はよく呑み込めなかったが、術後の経過が良好で、三週間で退院が決まり次のリハビリ病院入院まで、しばらくは自宅療養ということだけが嬉しくて、

「もうすぐ家に帰れるよ」

と言って笑った。

しばらくは重いものは持たない、激しい運動はしないということ以外、特に注意することはない。本人も痛みや具合の悪そうなところはなかったので、私は、

(日常生活は大丈夫。やっていける)

と自信があった。

ところが、この自信は退院翌日の朝、見事に吹き飛んだ。

「ママ……。ママ、いる?」

トイレからくぐもった声が聞こえる。子どもたちの『朝の「ママ～」』は聞き慣れているが、何やら不吉な予感がしてトイレに走ると、

「ごめん、パンツ下ろすのを忘れて中でしちゃった……」

しばし絶句。しかも『大』の方を股間にはさみ、足を開いて情けなさそうに立っている。

「どうしてだろう……」

「いや、それはこっちのセリフでしょ。そっと脱いで。風呂場に行くわよ……あ！　待って新聞紙！」

子どもたちにこの惨事を見せずに済んだのが不幸中の幸いだ。汚物処理をすると汚れた体はシャワーで丸ごと洗った。

「ママにこんな世話までさせて悪いなあ」

「仕方ないわね。でも次からは気を付けてよ」

「ママだけが頼りだ」

それ以降、私の後をヒナのように追って部屋のどこへ行くにもついてきて話しかけてくる。

「いつから働きに行けるかなあ」

「そうね、もうちょっと時間かかるかもね」

台所の片付けをしながら答える。

「もう一度車の運転できるかな」

「それはどうかしらね」

洗濯物を干しながら上の空でいい加減に返答する。

「……復帰しても……仕事できるかなあ」

「何？　聞こえない！」

掃除機をかけながらつい大声になる。だんだんと答えるのが面倒になってきた。

「ちょっと寝てくる」

「何、怒ったの？」

掃除機を止めて話を聞く体勢を取ったが、夫の顔色が悪い。開け放った窓を閉めて向き合うと、夫がやっと口を開いた。

「働かないと生活できなくなるんだよ。このままでは半魚人の男だよな」

「え、半魚人？」

どうやら半人前と言いたかったようだとわかったが、目の前の夫はかなり深刻に落ち込んでいる。とりあえず合わせることにして、

「今は半魚人でもそのうち一人前になれるから、ゆっくり治そう」

我ながら最高の慰めを言ったつもりが逆に怒られる。

「ふざけている場合じゃないよ。何？　半魚人って」ときたから、脳のシステムはよくわ

からないものだ。これも私と二人きりの時は笑い話で終わるのだが、娘たち、特に亜矢が帰ってくるとそうはいかない。攻守交代で今度は夫が亜矢に追い回される。

「パパ、おやつは手を洗ってから」「タオルはこれを使って」一つ一つ細やかに世話を焼く亜矢に夫が戸惑う様子が妙に痛々しい。亜矢にしても、大好きなパパが動作は鈍くなり、笑顔が消えて表情も固まって動かないのだから気になって仕方ないのはわかる気がした。

「パパ、一緒にテレビ見よう」

夕食前は子ども向け番組のゴールデンタイムだ。けなげにも一番の良席をパパに譲って亜矢が誘う。

「疲れた。ちょっと寝てくる」

亜矢ではなく、私に向かってそう言うと、二階へふらふらと上がって行こうとする。

「パパも一緒に見ようよ。まだ夜じゃないよ！　寝ちゃだめだよ」

「パパ、パパ」と連呼する亜矢に、「ママ！　この子を黙らせて！　何とかして！」と、夫の、いつになく甲高い声がして、慌てて夕食の支度をする手を止めた。

「パパね、まだ体がつらいんだよ。寝かせてあげよう。テレビはお姉ちゃんと一緒に見なさい」

千佳が無言で手招きしているが、亜矢は何故邪険にされたのか訳がわからないという風に泣きじゃくっている。（まだまだ先は遠い……）と思っていると、千佳が、「パパ、笑わなくなったね」とつぶやいた。

終わりがあるから頑張れることも色々あるが、まさに今の生活がそうだった。この先、入院という一時的にせよゴールがあるから、それまで頑張ろうと自分に言い聞かせた。

そして、そのゴールは義母の素早い行動力のおかげで五月の連休明けとなり、リハビリテーション病院に検査入院することが決まった。

連休初日、行楽日和を洗濯日和と頭の中で変換して朝から三回転、洗濯機を回す。シーツを干し終えて一人お茶タイムと腰を下ろしたところ、外が何やら騒がしい。

「井上さーん！　危ないですよ！」

「早紀さん、居ないの？」

ママ友の石井さんの声も交じっている。

近所の人の声に千佳が外へ飛び出して行くとすぐに戻ってきて、

「パパが大変！　ママ、早くベランダ行って！」

何事かと慌てて二階へ駆け上がりベランダを覗くと柵にまたがり動けなくなっている夫

が困り顔で振り向く。

「何やっているの？　もう！」

夫の大きな背中に手を添えて抱き上げるようにして引き寄せると一緒に尻もちをついた。

「痛っ！　危ないじゃない！」

集まったギャラリーから大きなため息が聞こえる。私は近所の人たちの手前、大丈夫かと気遣う言葉をかけたが次の言葉が出てこないまま座り込んでいると、そばに居た亜矢が「あのね」と言い出しにくそうに声をかけてきた。

「あのね、風で飛ばされちゃったの」

と窓の外を指さした。

「え？　何が？」

立ち上がって亜矢の指さす方に目をやると、幼稚園のスカートが風に飛ばされて隣家の屋根に乗っていた。竿に引っかけて後で留めようと思っていたのにすっかり忘れていたことを思い出した。

「あ、ごめん。あれを取ろうとしたのね……あれ、パパは？」

いつの間にか姿がない。

「早紀さ〜ん！」と下からまた呼ばれる声。石井さんだ。

「旦那さん、今慌てて外へ出て行かれたけど、大丈夫？」

驚いてベランダから道路を見渡すとちょうど角を曲がる夫の姿が見えた。そして、その後を千佳が自転車で追いかけていった。

「千佳、ごめん！　すぐ行くから！」と焦ったのが災いして、部屋に上がる段差につまずいて転倒。だめだ、足腰立たぬ！　と思ったところへ神の声……ではなくママ友の声。石井さんが、「私も行くから、早紀さん待っていて」と言ってくれた。

しばらくして、石井さんと千佳に連れ戻されて帰宅した夫は「疲れた」と一言言い残し布団の中にもぐりこんでしまった。

これが脳外傷の後遺障害なのかと暮らしてみて色々わかってきた。トイレで下着を下ろさず用を足したり、急に機嫌が悪くなったと思ったら暗い部屋に閉じこもり、一人落ち込んだり。事故後一度も笑顔を見せないが、今も表情が和らぐことはない。雄弁になって言葉遣いが妙に丁寧になったかと思うと、時々見当違いのことを言い出す。

しばらくして、様子を見に行くと、私の気配に気付き「不安だ」と布団の中で繰り返す。

私は、

「何が不安？」

と努めて明るく聞いた。

「早く働かないと生活できないから……このままでは不安だ」

私は一瞬「半魚人だからね」と言いたくなるのを抑えて、

「これから入院して検査してからリハビリするんでしょ」

不安だろうけれど頑張れと元気づけるが、その間生活費はどうするのか、早く稼がないと生活できないと熱く語りだした。しゃべりだしたら止まらない。ここは我慢……と思って聞いていたが、「僕はこの家の大黒柱だぞ！」ときたから、堪忍袋の緒が切れた。

(家族を振り回し、小さな子どもにまで心配かけて、都合が悪くなったら布団に逃げ込んで！)

「誰が大黒柱だって？　こんな頼りない大黒柱見たことないわ。爪楊枝サイズね」

しまった！　言い過ぎたかと我に返ると、やはり夫の目に涙が浮かんでいる。

だが、すぐに泣き顔からぐにゃりと表情が動き、鼻にしわを寄せて笑いだした。

夫の目から涙が落ちてくるが、確かに笑っている。

「ごめんね。せめて割り箸よね」

「それもひどいな」

元通りの夫に戻ったような錯覚を覚えた。言いたいことを言い合って、冗談を言って笑い合っていた頃に戻ったような。でもそれは一瞬のこと。

どこにも遊びに行けない五月の連休中、子どもたちの笑顔を守ってくれたのは、ピーちゃんとチーちゃんだったかもしれない。私たちが悪戦苦闘しているうちに、二羽は自分で餌を食べることを覚え、羽もきれいに生えそろって、文鳥らしい姿に成長していた。

入院当日の朝、義母が付き添いのため、約束の時間ぴったりにやってきた。

「色々大変だったでしょう。早紀さん足のほうは大丈夫？　しばらくゆっくり家のこと、千佳ちゃんたちのことやってあげてちょうだい」

私はベランダで転んで足を打撲して以来、痛みが続いていて外出は近所の買い物が限度だったので、入院時の付き添いと手続きは全部任せてしまった。夫は少し寂しそうだったが、母親の手前か、平然と家を出て行った。

「脳外傷の家族会にも入会したから近いうちに会費の振り込み票が届くと思うけれど、支払いは私がしますからね」

ふりがな お名前		明治 大正 昭和 平成 年生 歳	
ふりがな ご住所	□□□-□□□□		性別 男・女
お電話 番 号	（書籍ご注文の際に必要です）	ご職業	
E-mail			

ご購読雑誌（複数可）	ご購読新聞 新聞

最近読んでおもしろかった本や今後、とりあげてほしいテーマをお教えください。

ご自分の研究成果や経験、お考え等を出版してみたいというお気持ちはありますか。

ある　　ない　　内容・テーマ（　　　　　　　　　）

現在完成した作品をお持ちですか。

ある　　ない　　ジャンル・原稿量（　　　　　　　　　）

書　名				
お買上 書　店	都道 府県	市区 郡	書店名	書店
			ご購入日	年　月　日

本書をどこでお知りになりましたか?

1.書店店頭　2.知人にすすめられて　3.インターネット(サイト名　)

4.DMハガキ　5.広告、記事を見て(新聞、雑誌名　)

上の質問に関連して、ご購入の決め手となったのは?

1.タイトル　2.著者　3.内容　4.カバーデザイン　5.帯

その他ご自由にお書きください。

(　)

本書についてのご意見、ご感想をお聞かせください。

①内容について

②カバー、タイトル、帯について

弊社Webサイトからもご意見、ご感想をお寄せいただけます。

ご協力ありがとうございました。

※お寄せいただいたご意見、ご感想は新聞広告等で匿名にて使わせていただくことがあります。

※お客様の個人情報は、小社からの連絡のみに使用します。社外に提供することは一切ありません。

■書籍のご注文は、お近くの書店または、ブックサービス(0120-29-9625)、セブンネットショッピング(http://7net.omni7.jp/)にお申し込み下さい。

「はい。ありがとうございます」

障害者手帳の申請やら保険関係一切は義母に、事故に関する警察関係は義父にすべて任せて私は何もしていない。ただ息子の障害について理解だけはしてほしいという願いだろうか、義母に家族会主催の講演会や勉強会にはなるべく参加するよう言われた。

正直なところ、家族会への出席は気の重い話だった。同じ悩みを共有するというのはお互いの傷をなめ合うようでもあり、他人の不幸をばねに自分を励ますようにも思えて嫌悪感が先に立つ。しばらくは足の痛みを理由に、出かけるのは控えて家に居ようと気楽に考えることにしたその矢先、

「井上さん、町内の盆踊りのことで相談があるのだけど、少し出てこられる?」

昨年度の女性会会長の木内さんから電話がかかった。

私のお気楽生活宣言が世に知れたかと思うようなタイミングに驚き、返事を迷っていると、

「今、石井さんと一緒にお茶しているの。もし良かったら息抜きにどうかと思って。亜矢ちゃん帰ってくるまでの間、どお?」

と、先手を打たれた。

近所の人たちで賑わう喫茶「ひまわり」のドアを開けると、カランコロンの鐘の音に気付き石井さんが奥から手招きをした。

「この前は大変だったわね」

そうだ。二階のベランダから身を乗り出して、風に飛ばされた洗濯物を取ろうとした夫を近所の人たちが身投げと間違えて大騒動になったことがあった。石井さんにはその時お世話になっていた。

「心配かけてごめんなさい」

「ちょうど井上さんの家の前を通ったら人だかりができていてびっくりしたわ。でも笑い話で済んで良かった」

「とりあえず一、二週間は入院して脳の状態や体の機能を検査してもらって、あとはリハビリ施設の方に入所かな。お義母さんが全部仕切ってくれていて」

「いいじゃない、任せちゃえば。ほんと良かったわ。それでね……」

木内さんが無理やり話の着地点を見つけて本題を切り出す。盆踊り、町の一大イベントについてだ。嫁いできて一番驚いたのが、この土地の人が老いも若きも踊りが好きなことだった。町で揃いの浴衣を用意して、誰が作ったか町内会音頭まであるという珍しい町だ。

「最近子どもの参加が少なくなったでしょ。だから今年の新曲はアニメソングでいこうと思うの。何が流行りかしら？」

本来は私がくじ引きで女性会会長を引き当てたので、盆踊りの実行委員も務めるところだが、春先から会議の参加が難しかったので木内さんが代わりに会長を継続してくれている。ありがたいことと思い神妙に話を聞いていると、途中で水とおしぼりがきた。

「ご注文は」の声に顔を上げると、目の保養とはこのことかと一瞬時が止まるほどの青年と目が合う。私の驚きように石井さんがにいっと笑った。そういうことかと謎がとけた。木内さんはともかく、ご近所メンバーだらけの喫茶店と毛嫌いしていた石井さんが、自分に関係のない盆踊りの話に来るのはおかしいと思っていたのだ。

「町内会長さんのお孫さんよ。最近ここでバイトしているのよね」

木内さんが何故か自慢げに紹介してくれた。腰痛持ちのマスターも話に加わる。

「もう年だから店をたたむって言ったらさ、会長がもう少し頑張れって、孫を手伝いに寄こしてくれたんだよ」

「僕が大学の授業をさぼって、ふらふらしていたもので」

はにかんだような笑顔に胸がときめいた。自分のおばさん化に呆れる。

「うちでは人を雇う金はないと言ったら、会長が『自分が小遣いやるから要らん』と」

困ったものだと言いながら、こちらもいい笑顔をしている。

その帰り道、石井さんと並んで歩きながら話題は『喫茶ひまわりの王子』だった。何気ない会話が嬉しい。こんな時間が大切なのだと心から思った。

豆コロコロとゴロバレー

「井上さん、今日も頑張りましたね」

はっと目を覚ますと、そこは作業療法のリハビリテーション室だった。

「お疲れですね」

作業療法士の男の先生が優しく微笑む。

「すみません。つい」

と、うつむいて腕時計を見ると眠っていたのは、ほんの一瞬だったようだ。横目で夫をちらりと見ると相変わらず無表情で片付けの最中だった。

入院中、大半の時間を歩行訓練や筋トレなどの体操、指先を使ったリハビリなどを受けて過ごしているようだ。家族が見守る必要はないのだが、そばについていれば心強いだろうからと義母がいつも見学者として付き添っていた。今日は「早紀さんも一度くらいは様子を見に行ってあげて」と孫の世話を引き受けてくれた。

この時間は大豆を右の皿から左の皿に箸で移す練習を繰り返していたので、その様子を眺めているうちに睡魔に取りつかれたのだ。

箸でつまみ損なった大豆が机の上でころころ転がる。それを箸で押さえてつまみ、皿の上に載せる。また転がる……一生懸命に豆を追う姿に、

（事故さえ起こさなければ……）

と思わずにいられなかった。

病室で休憩していると今度はジャージ姿の女性指導員が部屋を覗いて、

「井上さん、午後はゴロバレーしますからね。ネット張り手伝ってくださいね」

と声をかけ、私に会釈をして去っていった。『ゴロバレー』……何となく言葉から想像できて、また睡魔に襲われそうで心配になる。

「お昼ごはん、売店でパンとコーヒーでも買ってくるよ」

「…………」

夫は無言でうなずく。

四人部屋なのでカーテンで仕切られた一区画のほとんどベッドだけのスペースだが、幸い窓側なので眺めは良い。帰ってくると給食が運ばれてきた。

「何？　お昼のメニューは……」と目をやると、鶏のから揚げだ。私は思わず「残念ね、

私の卵サンドと交換してあげようか」と口にするところだったが黙って見ていると、夫がパクリと勢いよく食いついた。私は『食べた！　鶏だよ、それ。』と言おうとしてやめた。

その代わりに、「おいしい？」と聞くと、小さくうなずき二口目に。記憶って本当に不思議だ。鳥が好きという理由で、鶏肉を一切口にしなかった人が、おいしそうに食べている。

（子どもの頃大好きだった伝書鳩のことは忘れてしまったのだなあ）

と思うと寂しい気持ちにもなるが、食べ物の好き嫌いが治ったのだからよしとしよう。

「いいな、から揚げおいしそう」

私は独り言のようにつぶやいてみた。

午後、空調の効いた館内には既に数人が床に腰を下ろし、バレーボールを転がして練習していた。

「井上さん、お願いね」

さっき部屋に声掛けに来た指導員が、私に軽く会釈して、夫にネットを指さして誘っている。きっと毎回ネット張りを手伝っているのだろう、淡々と手伝っている夫の姿を少し離れて見ていると人が続々と集まってきたので、一旦廊下に出た。

再び中に入った時には、十人以上の老若男女で輪ができていた。自分と同じような付き添い者も何名か交じってみんなの世話をしていたが、そこには入っていけず壁際に居場所を見つけた。

（なんかただの見学者みたい、私）

　仕方がない、いつもは義母が来ているのだから。そのうち二グループに分かれてネットを挟み練習が始まった。

　ネットの下をくぐらせて相手チームのコートにボールを転がす。ボールが浮き上がらないように転がすのは案外難しそうだった。

　体育の時間を見学している気分だ。時計の針がゆっくり動く。ゴロゴロ転がるボールを目で追ううちに瞼が重たくなってくる。午前中は大豆で午後はボール。今日は催眠術にかけられに来たみたい、と思って居眠りしかかった時、ホイッスルの音で目が覚めた。

「はい、では今から始めます！」

　指導員の声が館内に響く。

「頑張って！」と応援の言葉が飛び交う中、コートの中には、前列に三人、後列に車いすの人が二人、そしてその間に夫が腰を下ろしている。

相手チームのサーブ一回目、勢い余ってネットに当たり失敗。二回目のサーブは慎重にこちらのコートへボールを送り込む。コロコロ転がりボールは夫の真正面へ……。

「パパ、来たよ！」

と、声を出したのがまずかった。思いがけず大きく響いた声に自分もびっくりしたが、呼ばれた本人も驚いて余分な力が入ったか、指先がかすり、再度慌ててボールを打つとコートの外へ転がってしまった。

「ピー」と審判の笛。ダブルタッチありで、相手チームの得点になった。

「ドンマイ、ドンマイ！」

私は味方のチームの声援に思わず頭を下げると夫と目が合い、苦笑いをしたが向こうは相変わらずの仏頂面だ。

しばらく見ているとだんだんルールが呑み込めてきた。味方のコート内で二回パスを回してから相手のコートに返球するようだ。ネットに当たったり、コートの外にボールが出たら負けで、サーブ権があるほうの得点となる。

そして、相手チームの『くせ者』が、前衛アタッカーで私と同世代くらいの女性。守りの弱い場所に向けて鋭いアタックを決めてくる。掛け声も大きい。

「はい、拾って！」「こっち回して！」と指示を出し、得点するたび「ナイス」「ラッキー」と声を出し、チームをまとめている。

気迫に押され、第一セットはあっさり負けてしまった。休憩中、指導員がお茶を用意していたので付き添い者数名が手伝いに集まった。

「奥さん、次のセット私の代わりに出ませんか？」

車いすの女性に付き添ってコートに入っていた男性に声をかけられた。

「いえ、私ルールとか知らないので……」

「ああ、そんなこと大丈夫ですよ。私はいつも妻のそばについているだけで何にもしとらんですから一緒です。正直、年のせいか床に座っておるのもつらくてね」

「そういうことでしたら……」とゼッケンを受け取ると、一瞬夫の顔が嫌そうに歪んだ気がしたがもう遅い。六人制だが付き添い者も含めて八～九人がコートに入る。前衛と後衛が入れ替わり、私は前衛の車いすの女性と夫の真ん中に入りセンターのポジションに腰を下ろす。

「あなた、やりたそうな顔で見ていたから、私がうちの人に代わってもらうよう頼んだの」

「え、私そんな顔していました？」

「あ、いいの、別にそんなこと。本当はね、勝ってほしいだけ。このセットを勝って、引き分けにしてもう一回戦しましょう。その時はまたうちの人と代わってちょうだい」

と言ってにっこり微笑んだ。

(何？　このプレッシャーは！)

親切なのか嫌がらせかよくわからないが、やるからには勝つ！　と心を決めた。

「声出していきましょう！」

私はやけくそで叫ぶと、

「おー！」

と、後衛の男性が太い声で応え、両チームから笑いが起こった。夫は口を「へ」の字にしているが、チーム全員の気持ちがほぐれて一つにまとまりだすと、後衛が止めたボールを前衛のアタッカーが打ちやすいように回すパターンが出来上がった。「ボールくるよ！」とサポートにまわって掛け声をかけているうちに得点を重ね、接戦になった。相手チームの余裕が焦りに変わりだしたのを感じた時、絶妙のタイミングでボールが回ってきた。

夫にアタックしやすいボールを送り、

「パパ、打て〜！」

と叫んだ。大人げないと後になって反省したが、この一球で勝敗が決まった。

だが、デビュー戦勝利の余韻に浸る間もなく「はい、交代ね」と車いすの女性にゼッケンをむしり取られ、お茶くみに走らされたのだった。


「お義母さん、遅くなってすみません。千佳、亜矢、ただいま！」

家に着くと煮物のおいしそうな匂いがした。義母が夕飯の準備をしてくれている。

「おかえり。どうだった？　正則さんの様子は？」

「一生懸命にリハビリ受けていましたよ。でもまさか私までゴロバレーさせられるとは思わなかった」

「ママも一緒にやったの？」

面白そうな話に、娘たちも寄ってきた。

脳や全身の機能の検査をしながら手先や体を動かして訓練することで、少しでも回復できると希望を持つことが私たち家族にとって大きな支えになっている。先が見えなくてもいい。今は一歩ずつ前に進むことが大切だ。今日それがわかった。

夫の日記帳

夏休みの朝。玄関先から娘たちの叫び声とカタン、カタンと鳥かごの鳴る音が聞こえる。手乗り文鳥として立派に成長したピーちゃんとチーちゃん。水替えすると早速羽ばたきして水浴びを始めるので玄関は水浸しになる。そこで、減った分の水をつぎ足すとまた飛び込んできて水浴びを始めるので、きりがない。

「もう、いい加減にして！」という亜矢の口調が、自分に似ているのが気になる。子どもに当たることはしていないつもりだったが、知らぬ間に降り積もったストレスのはけ口は、生活の大半を一緒に過ごす幼い二人に向いてしまうのかもしれない。

父親が家にいないことで寂しい思いをさせないよう気遣いしすぎたり、逆に甘やかしてはいけないと厳しくしたり、最近の自分はどうもその日の気分に左右されやすい。

事故から一年半。夫はリハビリセンター病院を退院して、高次脳機能障害自立支援のための施設に入所して訓練を受けていた。入所して半年ほどは週末ごとに子どもを連れて面会に行っていたが、その後、外泊許可が出るようになったので帰宅して休日を一緒に過ごせるようになった。体力はすっかり回復したが、記憶力の方はなかなか難しい。メモをとる習慣や日記をつけて記憶を定着させる訓練をしているらしく、必ず胸ポケットに手帳とペン、カバンの中に日記帳を入れて帰ってくる。元々、文字を書くことが苦手で、いつも私に代筆させていたのだから彼にとっては苦行難行のことだろう。

「明日からまた一週間、センターに『カンヅメ』だ……早く出たいな」

「もうじきシャバに出られるわよ。あと少しの辛抱よ」

そばで亜矢が神妙な顔で聞いている。

やっと、今月末の退所が決まり、九月からは通所に切り替えて家から毎日通いで職能訓練を受けることになっていたので、

「来月からパパ、ずっとうちに居られるのよ」

と言うと亜矢は、

「やった！」

と喜んだ。

最初は、週末の施設への迎えは私、送りは月曜なので千佳たちのこともあって義母が付

き添ってくれていた。この数カ月は夫一人で行き来するようになったが、時々家族会の用事で義母も朝一緒に行くことがある。相変わらず熱心だ。家族会にも脳外傷友の会にも全く関心のない私に代わって、色々情報を集めてくれている。翌日の朝も、「おはよう。正則さん、まだいる?」と庭先から現れた。

「すみません、今支度しています。上がって待っていてください」

「あ、いいの。少し早く出てきたから。この辺の草をむしって待っているわ」

(しまった。ここのところ暑さで草むしりをしていないので、雑草が伸び放題だ)

『すみません』の連発で、こういう些細なことでストレスが心に降り積もるのを感じる。実際助かるのだが、何故か気持ちが塞ぐのだ。

「疲れているようね。良かったら来週は正則さん、うちで預かるわよ」

「はあ」と気のない返事をしていたが、その日の夜、湯船に浸かりながら、私が何気なく漏らした一言で一泊旅行が決まった。

「広い景色が見たい。大きな景色がいいな～」

「ママ、どっか行くの?」

と亜矢が寄ってくる。

「別に、行くところないけど」

「千佳、海に行きたい！」

「亜矢も！」

「海は広いな〜大きいな〜」

いつの間にか風呂の中で合唱が始まった。

「おばあちゃんも誘って海水浴行こうか！」

一人で子ども二人の監視は心配なので、実家の母を巻き込む算段だ。

急いで宿の空き状況を確認するとまだ数件空きがあった。早速母に電話をかけて同行を頼むと、快く引き受けてくれたので、海沿いの旅館に予約を入れた。

「まあ！　文鳥も？」

息子の世話を頼まれた義母は、まさか鳥の世話まで考えていなかったようだが、孫のお願いに渋々承諾してくれた。


二年ぶりの海。

「水着なんて何年ぶりかしらね」

「おばあちゃん、似合うよ」

「亜矢と同じ、緑色！」

海辺の宿に着くと、部屋で水着に着替えてそのまま海に出かけた。以前に比べて賑わいは少ないが、海岸通りに出ると熱い潮風に甘い香りが混ざり、海の家の店先からは流行りの音楽が聞こえる。石段を下り砂浜に足を踏み入れるとビーチサンダルの隙間から入る砂で足がやけどしそうだ。パラソル売りのお兄さんに声をかけると大きなパラソルを担いで場所定めをしながら、

「この辺かな。お嬢ちゃんたち、似たような模様のパラソルが多いから気を付けてね。迷ったらお兄ちゃんのところへ来な」

真っ黒に日焼けした顔から覗く白い歯に見とれていると、千佳が私のTシャツの裾を引っ張った。

「ママ、浮気はだめだよ」

「何てこと言うの！」

焦る私を見て笑いながら、「今日はパパお留守番なの？」と聞かれて今度は亜矢が、

「パパはまだニュウショしているの。でもね、もうじきシャバに出られるの」

「え？」

と笑顔が凍る。お兄さんは、

「大変ですね……」

と、笑顔を凍らせたまま去っていった。

「ま、いいか。海に入ろう！」

濡れた砂の上をはだしで貝殻を踏まないよう避けて歩き、波打ち際を走った。海水に膝まで浸かると、波に足をとられながら亜矢の浮き輪に手を添える。休憩しながら何度も海に入って、浮き輪につかまり波間に浮かんだ。

夜、子どもたちが寝静まって母と二人、炭酸水で乾杯する。

「来月からやっと家族一緒に暮らせるのね。皆よく頑張った、あなたもね」

「うん、やっとここまできたって感じ」

「相変わらず正則さんは会社復帰を希望しているの？　本人の記憶がないから罪がないかもしれないけれど、大丈夫かしらね」

「お義父さんの話だと実際運転していたのは別の人だったのじゃないかって。死人に口なしっていうの？　裁判を起こすことも考えたらしい。でも、正則さんがここまでリハビリを頑張って回復できたのは会社に戻りたい一心なのよね。それが叶えばそれでいいんじゃないかって。皆で相談して答えを出したの」

「そう」

コップを片付けながら、「今日はいっぱい笑ったわね」と母が思い出し笑いをした。窓際のテーブルの上には「パパへのお土産」と言って集めた貝殻が転がっている。

(明日からまた頑張ろう。やっぱり海に来て良かった)

翌日は午前中海水浴を楽しんで、夕方家に帰ると、夫と文鳥が義父の車で送られてきた。義母も興奮と疲れの入り混じった様子で車から降り、

「もう、大変よ、この文鳥。水を替えてやるとすぐ飛んできてバタバタ水浴び始めるのよ。家の中が水浸し！」

「すみません」

部屋の様子を想像して私は青ざめ、娘二人は大笑いしている。義母は、

「まあいいわ。あっこれ、二冊貰ったから読んでみて。参考になるから」

と脳外傷友の会の機関誌をテーブルに置いて帰っていった。ページをめくると、特集記事が目に飛び込む。『記憶の箱』記憶には優先順位があって大切なことから順に覚えてい

るが下位の記憶は忘れてしまうことが多い。だが優先順位下位の記憶も頻回に引き出すことで長期記憶に保存されることも……なるほど。

「ねえ、正則さん、私の誕生日覚えている?」

「ええと、八月……」

(だめだ、覚えていない。繰り返し教えても仕方ないか。もう遅い)

「もういいわ、先にお風呂入ってきて」

私は急いで夕飯の支度をして部屋の中を整えた。すると、夫の荷物からコトンとノートが落ちた。日記帳だ。

『八月三日(土) 早紀たちは海へ行ったらしい。今夜は両親の家に泊まる。カレンダーの写真が海の風景だったので見ていたら泣けてきそうになった。本当は自分が連れて行ってやりたい』

胸が痛くなった。

(来週は四人で出かけよう)

月曜の朝、久しぶりに私が施設まで送っていくことにした。

「忘れ物ない？」

「あ！」

「何？」

急に大きな声を出すので驚くと夫はカバンの中から袋を出してそれを私に差し出した。

小さな箱が入っている。開けてみると光沢のある黒い楕円形のものが……。

「キャー！」

昨日、日記帳を読んで罪悪感が残っていたのか一瞬夫に仕返しされたかと思い、その物体がゴキブリに見えたのだ。私の声に驚いて千佳が飛んできた。

「かわいい！　蛍のブローチだ！　パパが作ったの？」

「作業所の訓練で作った」

「蛍？」

よく見るとお尻にきれいなガラス玉がついている。

「もしかして、これ……」

八月四日、昨日、私の誕生日だった。

蕁麻疹

「久しぶりね、ゆっくりお茶の時間を楽しめるのも」

ママ友の石井さんの誘いでいつもの喫茶店「ひまわり」に入った。

「いらっしゃいませ」とキラキラした笑顔で出迎えてくれるのは町内会長の孫、陸くんだ。腰痛のマスターを手伝えと無理やりバイトさせられているうちに、イケメンのカフェと評判になり、女性客で賑わっている。古ぼけた内装も昭和レトロと話題になり、近頃は陸くん特製ハーブティーをSNSで発信している効果もあって、遠方からも客がやってきている。席に着くとカランと氷の音が聞こえ、水を持って王子さまがやってくる。

「夏休みが終わるとほっとするわね。陸くん、今日のお勧めは?」

「そうですね、夏バテ対策でカモミールとペパーミントのティーはいかがですか。胃腸の調子を整えてくれる作用があるんですよ」

二人とも異論はない。お勧めのハーブティーとパンケーキを石井さんが上目遣いで注文すると、ひとしきり夏休み中の話題や盆で帰省した時の姑の悪口で盛り上がる。

「で、最近ご主人の調子は？」

「うん、あと半年間は通所かな。家から出勤するのと同じように施設へ通ってパソコンとか職能訓練をするみたい。だから千佳たちより少し早く送り出して、夕方六時頃帰ってくるのよ」

「良かったね。亜矢ちゃん、パパっ子だから喜んでいるでしょ」

「まあね。でも正則さん、最近変な口癖が出ちゃって、それが子どもに伝染しないか心配……」

私ははちみつたっぷりのパンケーキをほおばりながら、思い出し笑いがこぼれる。

「『まだまだだなあ』って言うのよ。記憶できないことや思い違いがあるとね」

「進歩じゃない！　ベランダから隣の屋根に飛び移ろうとしていたのにね」

「事故から一年半よ。最近やっと落ち着いたって感じ」

来春は亜矢も小学校に上がる。それに合わせて夫の職場復帰が叶えば言うことなしだ。いつまでも夫の実家からの援助をあてにしてはいけないし、私もそろそろ家計のためにも働かなくてはと思う。

「この前ね、会社の上司だった方から電話もらって、うちの人嬉しそうに言っていたわ。

『来年二月には戻れるよう頑張っています』って」

「そう！　早紀さんも頑張ったわよ」

「ううん。『まだまだなあ』……という感じ」

「なるほど、そうやって使うのね」

ミントの香りと甘いパンケーキと王子さまの笑顔の三つ揃えで夏の疲れは吹き飛んだ。

通所になって夫と一緒に暮らすようになると事故後やっと回復したなと気付くことがいくつかあったが、私が慣れてきたせいか家庭生活の中で記憶障害を感じることは少なくなっていった。夫の情緒が安定してきて、家族で一緒に笑い合えることが何よりの進歩かもしれない。事故後一年間くらいは、大好きだったテレビを見ようともしなかったが、今ではドラマや映画など集中して鑑賞することも可能だ。亜矢とお笑い番組を見ていて一緒に声を出して笑っている姿を見ると、もう充分良くなったと思えたりする。

ゴキブリと見間違えた蛍のブローチはあまりつけることもなく、しまってあるが、施設で作った工芸品はバザーですぐ買い手がつくので、あれ以来持ち帰ってくることはない。今では入所中の作業療法をサポートする役もしているらしく、他人とのコミュニケーションにも自信が出てきたようだ。

桜井さんが定期的に連絡をとってくれたおかげで、相談員も交えて職場復帰のための調整を繰り返し、必要な技能について訓練を重ねた。季節が過ぎ、準備万端で翌年二月、ついに会社復帰の日を迎えた。事故から二年だった。

そして一週間経ち、最初は、単なる体力消耗のための疲労と思った。

「パパ、朝ごはん食べないの？」

千佳が心配するので気になって見に行くと、布団をかぶって寝ていた。

「大丈夫？　どこかおかしいの？」

「ううん、もう起きる」とは言うものの顔色がさえない。

「無理しなくていいよ。休みなんだからゆっくり寝ていて」

私は二日間ゆっくり休めば元気になると思ったが、月曜日の朝、何度呼んでも夫は起きてこなかった。子どもたちを送り出した後、

「どうしたの？　まだ気分悪いの？　休むなら連絡しないと……」

「うん、休む。背中かゆい」

「何？　一昨日からずっと寝ていたから布団干していないし、まさかダニ？」

パジャマをまくって見てみると背中一面腕や太ももまで赤い発疹がいっぱいできていた。

夜中にかきむしったのか、血が出ている部分もあった。

　びっくりして言葉が出ない私に、

「もう会社行きたくない」

　と言うと、また布団にもぐりこんだ。

「俺ばかり叱られる。他の皆と同じことをやっているのに、どうして俺ばっかり。仕事が遅いとか、仲間に迷惑だとか」

「一週間ずっと怒られて我慢していたの？」

「もう嫌だ、会社辞める」

　仕方なく、とりあえず今日は休みますとだけ連絡すると、電話口の男性は「はいわかりました」の一言だけで『お大事に』の言葉はなかった。不安を感じて施設の相談員に電話で事情を説明すると、

「復帰直後によくあることなので、自分が直接伺って説明してきます」

　と、自信ありげな口調だったのでお任せすることにした。

　三日後、相談員から電話があり、上司の方に説明するため面談をお願いしようと桜井さんに電話をかけたが、先月で退職されたとの話だった。

「それで直接、上司の方に連絡をとって会ってきました。井上さんに何度も注意をしたという方ですよね。その方に医師の診断書や能力テストの結果を説明できたので、理解していただけたと思います。多分もう大丈夫ですよ」

「ありがとうございます。何かの誤解だったのですね。良かった」

蕁麻疹は飲み薬と塗り薬で少し治ってきたが、厄介なことに心は塞いだままで、やっと出勤できたのは一週間経ってからだった。だが、それも昼には帰宅して部屋に閉じこもった。

「やっぱりもう辞める」

あれほど会社に戻ることにこだわって、復帰のためにリハビリを重ねた日々が、あっさり一週間あまりで崩れ去ったようでなぜ？　という疑問と、先週から嫌な予感がしていたので、やっぱりという諦めが交差した。もう無理だと思い、施設に報告すると、後日担当の相談員から意外な言葉が返ってきた。

「申し訳ありません。私の説明が逆効果だったようで、本当にすみません」

「逆効果……」

「『お前は能力があるんだって？』と、一人でやってみろとか色々言われたとか……」

「何か悪意を感じますが、主人とは以前から相性の悪い方なのでしょうか」

「その辺はよくわかりませんでしたが、事情をお聞きしようと電話をしたら、たまたまそのやり取りを見聞きした方が教えてくださいました」

この数年、会社の業績も悪化して、トップの交代もあり社風も随分変わったようだった。早期退職者も増えているらしい。これ以上無理して勤める必要はないと諦めがついた。義父母に報告すると思いがけない不穏な言葉が返ってきた。

「そうか。早紀さんの覚悟が決まれば、裁判を起こしても良いと考えている。色々調べて警察の調書も手に入れた。ぶつかった相手の車の運転手は行方がわからんが、あの日、車に乗り込む三人を見送った者の中には桜井さんもいたようだ。誰が運転席に座ったか本当は知っているのかもしれん」

「私たちはね、この事故最初から変だと思っていたの。でも正則さんは会社に復帰することを心の支えにしていたし、早紀さんを争いに巻き込んで家庭が暗くなってしまうのが怖かった」

私は、真実を知ることから目を背けていたのかもしれない。夫のためでも、子どもたちのためでもなく、自分の人生を心乱すことで消耗したくない私自身のために。

運命の腰ひも

「お話を伺って心配になったので、少しだけお時間よろしいですか」

私が診察室を出たところで看護師に呼び止められた。退職を決めてからも夫の蕁麻疹は治りきらず眠りも浅いようで、昼夜逆転の生活が続いたためリハビリセンター病院を受診していた。

「少し精神状態が不安定のようですので、感情の制御ができなくなる恐れもあります。もし大声を出すとか、身の危険を感じた時は、子どもさんを連れて外へ出てください。くれぐれも言い返したり説得したりせず離れてくださいね」

「外へ出てください」という言葉が重く突き刺さる。暴力をふるうような人ではないと信じているが、気持ちを刺激するような言動は避けなくてはと肝に銘じた。

(自分の家の中が一番気を使う場所だとは……)

その夜、夫が風呂に入るのを見届けてから実家の母に電話をした。

「そう、復帰早々やっぱり何かあるわね。正則さん、他人から恨みを買うような人じゃないもの」

「もう事故当初のことを知っている人は誰もいなくなっていたから仕方ないかも。退職の話をしたら、経理の人にも冷たく言われたわ。労災の申請をしてもらっただけでもありがたく思えって感じで」

「まあ。ちょっと待って。お父さんが代われってうるさいの」

「おい、念のためだが、包丁とか刃物は隠しておけよ！」

突然何を言い出すかと思ったら、父は正則さんのことを気にしているようだ。母に今日看護師から注意を受けたことを話したので、それを聞いて心配している。

「はさみも！　それから、千佳と亜矢はどこで寝ているんだ？」

「一緒よ。狭い家だもの、みんな一緒の部屋に布団敷いて寝ているわよ」

「あ！　だめだ。困ったな！」

「大丈夫。そんなに心配するほどじゃないって」

「心配だ。とにかく子どもたちを守ってやれよ。困ったな……」

確かに夫が思いつめた表情で暗い気分になっているのは気になるが、無理心中や子どもに手を出す危険性はないと断言したが、父は気を付けるようにとの一点張りで、ここまで心配をかけるのなら電話をするのではなかったと後悔した。

「あ、お風呂から上がったみたいだから、もう切るね」

「お前も気を付けろよ」

「はいはい」

と受話器を置いた。

「パパ、どうかしたの？　一緒に寝てはいけないの？」

と千佳が心配そうに聞いてくる。

「パパね、ちょっと風邪気味なの。だからおじいちゃんが千佳たちにうつらないよう気を付けてねって。今日はちょっと離れて寝ようね」

「ふうん」

子どもたちはテレビを見ていると思ったが私の電話の様子にいつもと違う何かに感づいたようだ。やはり私には、今の生活を続けながら会社と裁判で争うなんて無理だ。きっと自分も子どもたちからも笑顔が消えてしまいそう。それだけは避けたい。家族の笑顔を守る、これが私の覚悟だ。決意を固めたところで亜矢が叫ぶ。

「ママ、『危険なオトコたち』録画予約して！」

「亜矢！　そのドラマ毎週見ているって幼稚園の先生に言ったでしょ！　ママ恥ずかしかったんだからね」

「だって、ヨシくんが出ているんだもん。ママも好きでしょ」

題名ほど成人向きではないが夜十時台の番組を幼稚園児にも見せていると知れると少しばつが悪い。しかも戦隊ヒーロー出身の俳優に母親が熱をあげていることを知られたのも恥ずかしいが、卒園間際なのでよしとするか。

「さ、パパがお風呂から出てきたら三人で一緒に入っちゃおう！　準備して」

亜矢のおかげでいつものペースを取り戻す。

まさかとは思ったが、これを機会に子どもたちは二階で寝かせることにして、自分たちは一階の居間を片付けて布団を敷いた。

（夜中に正則さんが起き上がったらわかるよう、ひもでつないで寝よう）

ひも、何かないかな……と和ダンスを探すと薄いピンク色の腰ひもが二本出てきた。

夫の寝息を確認すると、二本つなげて二人の手に結び付けてみる。運命の赤い糸ならロマンチックだけれど、この長さでは逆に首を絞められそうだ。

不思議なもので、父にはあれほど心配ないと断言しながら、何故か悪いことを想像してしまう。

（手ではなくて足につなごう。二本は要らないわね）

と一本にしたのが良くなかった。目がさえて寝付けず、ついひものことを忘れて寝返りをうった途端、夫の足で一撃された。

私の「いたっ！」という声に目を覚ましたのか、夫は「トイレ」と言って立ち上がる。数歩歩くと私の体が引きずられていく。「なにこれ」と立ち止まるとひもをスルスルほどいて用を足しに行ってしまった。

すぐに戻ってきて、「何がしたいの？」と聞くので黙っていると、「手の方がいい」と言ってくるりと自分で巻いたので私も手首に巻く。「おやすみ」と、また眠ってしまった。

（何のためよ、このひもは）

その後、一睡もできないまま新聞配達の音がして、雀の鳴き声を聞きながらやっと眠りについた。

「ママ！　給食袋がないよ。起きて！」

（千佳の声が聞こえる。トーストの焼ける匂いも……。しまった！　寝すぎた）

飛び起きると、千佳は身支度の最中で、

「パパに焼いてもらった」

と亜矢はトーストと牛乳で朝ごはんを食べている。

「ごめん、寝坊しちゃった！」

「ママ、亜矢のお弁当は？」

「あ、作って後で届けるよ！　今から作るから……」

と手を合わせて謝ると、

「俺がいなかったら二人とも遅刻だよ。寝坊助だなあ、ママは」

「何？　パパ今何て言った……」

千佳がとっさに「パパ冗談だよね」とかばうが、もう遅い。

「誰のせいで寝坊したと思っているの！　一人で勝手に落ち込んで、みんなに心配ばかりかけて！」

目の前にあったメロンパンを掴む。袋に入っているから投げても大丈夫と、こんな時にも理性が働く。

「だめだ、危ない。千佳、亜矢おいで！」

子ども二人を連れて掃き出し窓から庭へ出る夫に向かって、私はメロンパンを投げつけた。

結局、外へ避難したのは夫で、袋入りのメロンパンは柱に当たり、中身が飛び出して砕け散った。

長い春休み

脳外傷の後遺障害と向かい合って三回目の春。目標にしていた会社復帰が失敗に終わり、夫は障害者支援センターの作業所に通うことになった。以前ほど深刻に落ち込むことはなくなったが、時折「不安だ」と言うのと貧乏ゆすりが癖になった。

長女千佳は四年生、次女の亜矢は小学校一年生になり、私は町内の子供会役員の当番が回ってきた。ママ友の石井さんも一緒だ。新入生歓迎会の打ち合わせの後、いつもの喫茶「ひまわり」に立ち寄ると、コーヒーの香りに気持ちがほぐれる。だが、この春就職した陸くんはもうそこに居なかった。

「陸くんが居ないと何だか寂しいわね」

石井さんが窓辺に並んだキッチンハーブに目をやると、似ても似つかぬ祖父の町内会長が顔を出した。

「お、今日はお客さん居るじゃあないか」

入ってくるなり大きな声で冷やかすと、マスターも負けていない。

「年寄りの仕事にはこのくらいがちょうどいいさ。そろそろ引退も考えているよ。会長さんもそうでしょ。引き際が肝心だよ」

「わしはまだまだ！　お前さんとは違う。陸も言っていたよ、ここはいい店だって。普段着でふらっと来ておいしいコーヒーが飲めるところが近所にないと困るんだ」

最後の一口を飲み干すと「お二人さん、ゆっくりしてってって」と自分の店のように言って出て行った。

「ワンマンだけど、どこか憎めないわね」

石井さんが笑って見送る。

「この町も高齢化で、町内の役が何回も回ってくるからあなた方も大変でしょう」

カップを片付けながらマスターがねぎらってくれる。

「今年度は子供会のサポートで今週末、新入生歓迎会なのよね。井上さんちの亜矢ちゃんも参加するよね」

「うん、それが……」

少し気が重かった。

入学式の翌日から、亜矢が学校に行くのを嫌がって、毎朝大変だった。

「亜矢、クラスの子に何か嫌なことを言われたらしいの。子ども同士のことはね……千佳もクラス替えで新しいクラスに馴染めなくて悩んでいるみたい。私立中学受験の子が多くて、話の合う友達がいないらしいわ」

狭い社会で生きているのは私も子どもたちも同じだが、子どもは正直で悪気がない分、時には残酷な一面も出てくる。幼い子どもの心に言葉が抜き身の刃物になって突き刺さることもあるだろう。考え事をしていて一瞬石井さんの声が遠くなる。

「……を、人数分お願いね。私はジュースを買っていくわ」

「あ、うん。わかった」

生返事をしたのが後に災いした。この時確認すれば良かったのだが……。

子供会新入生歓迎会の当日、町の会館に子どもたちが集まってきた。千佳と亜矢にも「お手伝いお願い」と言って無理やり連れてきた。クイズなど六年生の企画が終わり、場が和んだところで新入生の紹介とジュースで乾杯をして終了の予定だ。

「おばさん、紙コップが足りません」

「井上さんが買ってきてくれたはずだけど、いくつ足らない？」

（しまった）

紙コップを頼まれていたのをすっかり忘れていた。

「千佳、お前の母さんも記憶喪失なんじゃねえの？」

二、三人の男の子たちにからかわれて千佳が亜矢の手をひいて部屋から飛び出して行った。

「なんてことを言うの！」

石井さんの怒鳴り声を背中で聞きながら追いかけた。

「千佳！　亜矢！　帰ってる？」

玄関から叫ぶと、千佳が小走りに出てきて、

「はい、紙コップ。これで足りる？　亜矢はもう行きたくないって。だから私も行かない」

千佳の落ち着いた様子に安心したが、石井さんからきつく叱られて謝りに来た男の子たちには、二人とも会おうとしなかった。

そして、月曜日の朝、亜矢は学校に行きたくないと泣き出し、休めるとわかった途端泣き止んで今は文鳥を鳥かごから出し手や肩にのせて遊んでいる。

入学式に行ったきり、再び春休みに逆戻りしたような生活が続いている。

「パパに相談しようかな、亜矢のこと」

「言っちゃあだめ！」

「いつかはわかるよ。それとも明日から学校行ける？」

「…………」

返事がない。もちろん夫には既に相談はしていた。以前から人間関係について相談しても面倒臭そうにするだけだったが、今は苛立ちが強くなるのか最後は機嫌が悪くなるだけだ。それでも父親として頼りたいと思ってしまう。その夜、再度「亜矢がね、学校行きたくないって言うのよ」と相談すると、やはり「どうして？　ママが話聞いてやって」と布団の中にもぐりこんでしまった。万事休す。

翌朝私は、かねてより計画していたプランを実行に移すことにした。

「おはよう！　今日はみんなで出かけるわよ、おにぎり作ったからね！」

学校と夫の作業所には連絡済み。こういう時は家族全員で現実から少し離れてみるのが良い。今日一日ノープランで、思い切って遠出するという私の案に最初は不安げな顔つきの三人だったが、電車に乗ってからは表情が緩んで楽しそうにしている。行き先は決めていないが、海に向かっている。

最南端の駅に着くと海水浴場、水族館の文字に誘われてバスに乗り込んだ。海沿いの道を走るバスの車窓から潮風が吹き込む。車内は空いているので一人ずつ窓際の席に座り食い入るように海の景色を眺めている。終点の水族館で降りると、みんな海に戻りたがる生き物みたいに横一列になって打ち寄せる波を眺めた。

「下りてみようか」

石段を下り砂浜に足をとられながら波打ち際まで進む。他にも数組のカップルや家族連れの姿もあった。

「ここ、前に潮干狩りで来たことあったね」

「うん。そんな気がする」

「ほんと?」

「何となく、ぼやっと」

確かに自分もぼやっと覚えているだけかもしれない。

「着替え持ってきていないからね!」

波と遊ぶ二人に向かって叫ぶ。風がまだ少し冷たい。おにぎりの入ったお弁当箱を広げて、コップに熱いお茶を注いだ。

「せっかくだから水族館も行ってみようよ」

「そうだ、確か障害者手帳で割引がある」

不思議なことに何回言っても覚えられないこともあるが、お金のことに関しての記憶力は保持されている。『記憶の箱』に大切なものとして保存されているからすぐに取り出せるらしい。どうでもよいと思うことはガラクタ箱にごちゃ混ぜに入れられるので探しても出てこない。私の誕生日などが、この箱に入っている。

「本人と付き添いは半額か」

「ということは、全員子ども料金ね」

事故前はそれほど吝嗇家と感じなかったが、最近はこういう時、嬉しそうな表情をする。割引、減額……確かに嬉しい響きではある。

イワシの大群を見上げながら最初の水槽の前に進む。大小様々な魚の群れに「おいしそう！」という女性の声がして笑いが起こる。皆同じことを思っていたのかもしれない。日差しが水底まで届きキラキラ光の粒がきらめく。ここで一時間くらいぼおっとしていたい気分だが子連れの場合そうはいかない。ラッコの餌やり、ペンギンのお散歩と時間を気にしながら先を急ぎ、イルカショーでは時間を忘れて楽しんだ。

そして、アミューズメント施設には最後に最大の難所・関所がある。ここを通らないと外には出られない。お土産コーナーだ。

「ママ、ペンちゃんかわいい！」

大きなぬいぐるみが目に留まり、子どもはまず『欲しい』と言わず、『かわいい』と言って近寄る。愛想笑いの店員がシャチのように獲物を求めて近づいてきた。この流れはまずい。

「ほら、ペンちゃんのキーホルダーもあるよ！」

と小物に誘導すると亜矢は、素直にピンクのペンちゃんを選んだ。夫に会計を頼むと千佳にも一応聞いてみた。

「千佳はいらないの？」

「うん、いらない」

と大きなぬいぐるみのペンちゃんを見つめる。

「あれね。ママも欲しいけど今日は荷物になるから、帰りの電車混むと迷惑でしょ。また今度ね」と言い聞かせる。横で亜矢が「おしっこ！」と言い出したのでトイレに駆け込み、二人には先に外で待っていてもらうことにしたのだが、出口付近に姿が見えない。辺りを探していると千佳が満面の笑みで走ってきた。もしやと思ったが夫の手元にも袋はない。何も買わされていない様子にほっとした。

ところが一夜明け、我が家に特大サイズのペンちゃんがやって来た。

「ママが『持ち帰ると電車で迷惑』って言ったからさ、送ってもらったよ。送料無料だった。亜矢のお土産買ったらくじ引きで当たって五十％オフの券が貰えたから……」

言葉の裏側を読めないのも障害のうちか、と返す言葉が見つからなかった。

位置について、用意……

五月の連休、久しぶりに家族揃って私の実家に行った。

「千佳ちゃん、背がまた伸びたみたいね。亜矢ちゃん、学校楽しい？」

家から実家は、それほど離れていないが、いつでも会えると思うと意外に疎遠になる。孫に会って両親が喜んでいる姿を見ると親孝行した気分になるが、血がつながった親子でも所帯を別に構えるとお互い何かと言えないことも出てくる。両方が傷付かないよう曖昧な会話をして、気疲れしない程度に頃合いをみて帰るのがちょうど良いのかもしれない。娘たちに、そんなことを教えたわけではないが、学校は楽しいかという質問は軽く受け流して笑ってごまかしている。

実のところ、千佳は四年生になってから交友関係が変化して、中学受験をするクラスメイトが多い中、友達づくりに苦戦中で、学校生活が面白くないようだ。亜矢は入学式の後、男の子から大好きなパパの悪口を言われ、しばらく登校拒否をしていた。何を言われたのか大体察しはつく。そこには触れずにそっとしておいたが、千佳の「パパはまだ病気なの。

頑張って治しているところだから仕方ないの！」という一言で亜矢も私も救われたのだった。亜矢がまたいつ『学校行きたくない』と言い出すかわからないが、それ以来登校するようになった。

「私もそろそろ働こうと思って。昼間の二、三時間ね、家事の合間にできることから始めるつもりなの。チラシ配りとかモップの集配とか」

「そうだな、子どもたちにこれから金が要るからな……」

隣で聞いていた母が父の言葉を遮る。

「正則さんも、ここまでよく頑張って回復してくれたものね。これからは二人で働いて、たまには皆で旅行でも行きたいわね」

うまく現実的な話題からずらしてくれた。

ところが、さっき私が「働く」と言ったことが気になったのか、父の「金が……」という言葉が引っ掛かったのか、帰り道歩きながら「俺も正社員の募集はないか一度相談してみようかな」と言い出した。確かに年金と作業所のわずかな給金では生活に余裕がない。

「作業所で何かあった？」

「特に何もないよ。ママと違って優しい人が多いし」

「それは冗談か本気かどっちよ」

「ほら、怖い！」

体中に蕁麻疹を作って会社を辞めた頃は、こんな会話はできなかったが、二カ月も経つと気持ちも落ち着いてきたようだ。家族で笑って過ごせるようになると裁判のことは考えられなくなり、このまま穏やかに暮らしていたいと思ってしまう。

「ゴールデンウイークか。残りの連休どうしようか」

「そうだな、映画館、美術館なら障害者割引がある」

「相変わらずケチね。割引目当てなんて」

「パパ、戻ってきたね、元のドケチに」と千佳が振り返り、亜矢が「ドケチのパパに戻った！」と笑う。皆で家までたわいのない会話をしながら歩く、この瞬間が何より幸せだと実感する。玄関を開けるまでは……。

「ピーちゃん、チーちゃん、ただいま」

居間の灯りをつけると、飛んできたのは文鳥ではなく小さな虫だった。

「あれ、変な虫が入ってきちゃった」

私の「変な虫」という言葉に亜矢は怖がり、千佳は鳥かごと亜矢を連れて二階へ避難した。

しばらくすると、十匹以上集まってきて、蛍光灯に当たっては落ちてくる。よく見ると羽アリだ。そういえば最近風呂場で見かけたような気がする。殺虫剤をふりポトポト落ちる虫を捕まえ、大騒動の夜になった。

殺虫剤が効いたのか翌日から数は減ったものの、夜になると一匹、二匹と居間の蛍光灯に集まってくるようになり、皆「また来た」と慣れてきたが放置するわけにいかない。連休明け、業者にみてもらうと、シロアリが風呂場の床下に巣を作っていることがわかり、おまけに家の土台が危なくなっていると言われた。

「とりあえず駆除をお願いしたの」

喫茶「ひまわり」で石井さんに愚痴を聞いてもらう。

「土台はボロボロ。建て替えもすぐには無理だし。思いがけない出費だったわ。やっぱり私、働く！」

「働き先は、よおく考えた方がいいよ」

石井さんではなく、奥のテーブル席から返事がきた。

「会長！」

「うちの孫、就職したと思ったら三カ月持たずに辞めると言い出したよ。自分には向いていないとさ」

「確か、電気メーカーの……」

「そう。俺に似て顔がいいからさ、営業職に回されて嫌になったらしい」

笑って良いのか戸惑う冗談に石井さんと私は顔を見合わせたが、やはり会長はショックを受けているようなので、

「向き不向きありますからね。早く決断して良かったかもしれませんよ」

と、石井さんが慰める。私も、

「パート先、慎重に選びます」

とうつむいた。

「おかげで陸くんにまた店を手伝ってもらえるから、うちは助かったよ。私も腰痛がひどくなって、もうそろそろ店をたたもうかと思ったところだったから」

「それは困る！」

マスターの店をたたむの一言で町内会長は元気を取り戻し、何かを企むように腕組みをした。

位置について、用意……

その晩、いつもより帰りが遅い夫を心配していると、見慣れない封筒を持って帰ってきた。

「これ、来週面接に決まった」

「え？　職業安定所……って。就職活動してきたの？」

「そう。リハビリセンターで相談したらハローワークの障害者専用窓口に行ってきたらって言うから寄ってきた」

「運送会社の庶務……大丈夫？　慎重にね」

ふと昼間の会話を思い出す。

「やってみてだめなら、また考えるよ」

夫もシロアリの出費を気にしているのだろうか。それにしても行動が速い。私も負けていられない。昼間「慎重に」と言ったことはすっかり忘れて、掃除用品のレンタル会社にパートを決めた。合うか合わないかは考えず……。

二カ月後、喫茶「ひまわり」からミニコンサートの招待状が届いた。第一回目なので近所の常連客だけに限定して開催するらしい。陸くんがピアノを演奏して、おまけに重大発表もあると書かれていた。

ミニコンサート当日。夏休みに入ってやっと梅雨明けした空には入道雲が浮かんでいる。子どもたちも連れて家族で出かけると、途中で石井さんの家族と出会い、一緒に喫茶「ひまわり」に向かった。

「マスターも年だし引退かしら。店のオーナーが代わるっていう噂もあるけど本当かも」

重大発表に興味津々の私がそう言うと、

「町内会長さんの知り合いかな。店を続けてほしいって、ずっと言っていたじゃない」

と。石井さんも気になっているようだ。

店内に入り、二家族が隣どうしの席に座って落ち着くと石井さんが改まって尋ねてきた。

「早紀さん、仕事のほうはどう？」

「おかげさまで何とか。新規勧誘の成績が棒グラフで張り出されているのが嫌な感じだけど」

「そうですよね、僕もそれが嫌で……」

と陸くんがグラスを運んできた。久しぶりに会った彼は、少しやせたように感じたが、

「祖父に言われました。『逃げるんじゃあない。選ぶんだ』って。それで帰ってきました。今日は演奏楽しんでいってくださいね」

と笑顔がまぶしい。王子さまは楽器も演奏するのかと感心していると、会長がチェロを持って現れた。そんな特技があったとは誰も知らなかったようで店内がどよめいたが、「ひまわり」の新オーナーが会長本人だったことに二度びっくりした。もうしばらくマスターが店に残り、陸くんは調理師の資格を取る予定だとか。

祖父と孫、息の合った心地良い演奏に「私もピアノを習いたくなった」と娘たち。夫が無事就職したとはいうものの、まずい、また出費が増える、と頭が痛いが、音楽はやっぱりいいなと思う。

夫もリラックスして……寝落ちしていた。

終わり……だけど、　スタート！

「おや？　今日、奥様はどこかお出かけですか」

法事の席で檀家である寺のお坊さんが一口お茶をすすって尋ねる。

「実は春先から体調が悪くて。ただの風邪だと言ってなかなか医者に診てもらわず放っておいたのですが、熱が高くなって先日受診させたら肺炎の疑いがあると言われまして。念のため入院しております」

義父はそう言うと、頭に手をやって、

「ばれましたか。何かと不自由で困ります」

と笑った。

「奥様のお茶は格別においしいですからな。入院ですか。色々お困りでしょう」

お茶の味で義母の不在がわかったのかと台所で立ったまま自分で淹れたお茶を飲んでみる。同じ茶葉でも淹れ方でこれほど違うのかと嘆息をついた。夫の実母の三十三回忌だったので、うちの家族だけで他に親戚はいない。それでも嫁として張り切って支度をしたが、お茶の味で義母の不在を見抜かれるとは。

義母は、夫の入院中の付き添いから後遺障害の認定や保険関係一切、文字通り駆け回って情報を集め、手続きをしてくれて、いつも一生懸命だったので実の母と思っている人も多い。

元の会社に復帰が叶わないと知った時、裁判まで考えてくれたのに、それ以来連絡が途絶えたのは体調のせいだったのかと、気付かなかった自分が恥ずかしい。

法事が終わり私一人で仏間を片付けていると、義父が入ってきた。

「今日は世話をかけたね。ちょっと話しておきたいことがあって、少しいいかな」

「はい、大丈夫です。お義母さんの具合、大丈夫ですか？」

「ああ、昨日見舞いに行ってきたが元気そうだった。相変わらずよくしゃべる」

そう言いながら押し入れの襖を開けると、金庫が置いてあった。それを指さして、

「この中に事故の後、興信所を使って調べたことや警察の調書などが入っている。裁判についての弁護士に相談したことも書いてある。あいつも今回の入院が初めてではないので少し気弱になったのか、早紀さんにこのことを伝えておいてほしいと言われてなあ。もし今後裁判を考えることがあったら、ここに資料があることを覚えておいてくれ」

私はしばらく返事ができず金庫を見つめていた。

（いつかこの金庫を開ける日が来るのだろうか）

「まあ、家族みんなの健康が一番だ。無理せず元気にやってくれ」

費用のことは心配するなと笑った。そこへ夫が亜矢と一緒にやってきたので義父は話を変えて、家の建て替えをどうするかと聞いてきた。まだ何も決めていないと夫が言うと、土台が腐っている箇所は修繕が必要だぞと忠告してくれた。

「別に、雨風しのげれば大丈夫だよ」

夫の言葉に私はこれは任せていられないと決意した。自宅に戻ると早速ネットでハウスメーカーを調べてみる。家族が住みやすい家にしたい。修繕ではなく、いっそのこと建て替えだ！　費用のこともありすぐには難しいので、少しずつ情報を集めよう。

そして、金庫に眠る資料のこと、今は私の『記憶の箱』の中に大切に保管しておこうと思う。いつか戦う覚悟ができた時のために……。

夏休み最後の日曜日。とりあえず家から一番近いハウジングセンターに家族で行くことになった。シークレットイベントもある。

「きれいで大きなおうちばかりね。素敵」

「ママ、おうち買うの？」

と亜矢が言うと、千佳がくるりと振り返り、

「私、自分の部屋が欲しい！」

と、目を輝かせる。過度な期待をさせてはいけないと私が、

「まだ買うって決めていないからね。今日は遊びに来ただけ。ほら、スタンプラリーとか縁日みたいに屋台出ているでしょ」

と言うと、千佳は「ふうん」と半分納得のいかない返事をしながら、目は屋台のお菓子やゲームに吸いこまれている。

（子どもたちが飽きないうちに回らなくちゃ）

まず、三階建てのベランダに大きなパンダの風船が浮かんでいる家に入ってみることにした。

室内を見渡していると、スーツ姿の女性が笑顔でやってきて、差し支えなければ名前と住所を書くよう紙とペンを渡された。「おうち買うの？」という亜矢の言葉がよみがえる。

「あ、今日は遊びに来ただけなので……」と言って焦って外に出てしまった。

「ねえ、パパと亜矢まだ中に居るよ。ソファに座っていた」

「大丈夫、私たちがいないって気付いたら出てくるよ、きっと」

しばらく待っていると、亜矢が先に飛び出してきて、

「スタンプ押してもらった！　お姉ちゃんのもあるよ」

と嬉しそうにはがき大の紙にパンダのスタンプが押してあるのを私に渡して見せた。

「スタンプラリーね。なるほど、こうやって子どもを寄せ付けて商談に持ち込むのね。パパは？」

と言っていると、夫が笑顔の女性に見送られて玄関を出てきた。

動物のアドバルーンが浮かんでいるモデルハウスでスタンプが押してもらえるようだ。六個全部スタンプが集まったら今日のシークレットゲストから抽選で素晴らしいプレゼント……と書いてある。娘たちはそれよりも、かわいい動物のスタンプを欲しがって、ウサギ、リス、ネコ……と集めて回り、私は本来の目的を果たそうと、夫に子守りを頼んで間取りや耐震構造など聞いて回った。

「お腹すいた」

「亜矢も。何か食べたい」

千佳と亜矢がホットドッグのキッチンカーの前で立ち止まる。イベント会場の長いすに腰かけて空腹を満たすと、二人ともスタンプ集めが終わって、もう帰りたいと言い出した。夫は抽選会が気になるらしく、

「せっかく六個集めたんだから、貰えるもの貰って帰るよ」

と、なぜか当たるつもりでいる。

「さすが、パパね。でも抽選だから期待しないで待っているわ。パパ、頑張って！」

と、言ったものの、当たるはずがないと思い、母娘三人の会話の中に出ることはなく、帰宅した夫に結果を尋ねることはなかった。そして、本人も『それ』を財布にしまったままますっかり忘れていた。映画『危険なオトコたち』の宣伝を見るまでは。

「あれ、この子どこかで会ったな」

「え、ヨシくんのこと？」

数日後、テレビを見ていて何を思い出したか夫は財布の中から一枚のチケットを取り出した。映画の招待券だ。

「くじ引いて当たった」

夫がヨシくんからチケットを受け取る姿を想像するだけで立ち眩みがしそうだ。私は何

故一緒に行動をしなかったのかと後悔した。

それは、翌日も改めて思い知らされることになる。スタンプを押してもらった六社には夫が名前と家の住所を記帳してきたため、営業攻勢を六社から受けることになったのだ。

ご褒美と苦労は一緒にやってくる。だから、大袈裟だけど、生きていて良かったなと思える時がきっとあるのだと思う。

著者プロフィール

小川 咲（おがわ さき）

1964年、愛知県生まれ。
医療機関での勤務経験と家族の高次脳機能障害から着想を得て、小説を執筆。
本作品が処女作。

笑顔の守り番

2021年７月15日　初版第１刷発行

著　者　小川 咲
発行者　瓜谷 綱延
発行所　株式会社文芸社
〒160-0022　東京都新宿区新宿1－10－1
電話　03-5369-3060（代表）
03-5369-2299（販売）

印刷所　株式会社エーヴィスシステムズ

ISBN978-4-286-22774-0　　JASRAC 出 2103351－101